和歌でたどる女たちの恋心

林　望

草思社文庫

和歌でたどる女たちの恋心*目次

和歌でたどる女たちの恋心

＊所引の歌や文については、仮名遣いは原則として底本のままとし、なお「逢不会恋」のようなものは読者の読みやすさを考慮して「おうてあわざるこい」の如く、あえて現代仮名遣いで読みを示した。

巻端《かんたん》に叙す

現代の歌人のなかで、わたくしがもっとも愛してやまないのは、林あまりという人である。

この人の歌を読むときには、いつも、「ああ、おんなよ！」という、えもいわれずなつかしい感慨を覚える。そうして、こんな歌は、おとこの俺には、太陽が西から昇ったとて詠むことはできないよなぁと、悲しくも圧倒されるような感動に撃たれるのである。

たとえば、こんな歌がある。

結局はいい匂いのする男のもとへ
あきらめたように降る雪の朝

わたくしは歴然たるおとこなので、こういうふうにあなたざまにつきはなして、おとこという性を眺めることはできぬ。しかし、このいじらしい心を思うとき、そこにはおんなという、もうひとつの性の、のっぴきならぬかわいらしさとかなしさが流露しているのを感じる。

「ここ」と言えても「これ」とは言えない
　脚のあいだのつめたい廊下

　ごくごく即物的な、あまりにも即物的な視線と言葉とに、わたくしは驚きながら感じ入る。「これ」というものを否応なく身に具えているおとこの我身が、そのあからさまなる「謎のなさ」が、ふとかなしく思われるのだ。ああ、良いなあ、おんなという存在の謎めいた形。
　この複雑な構造が、ひとり脚のあいだのことだけでなく、すなわち脳みその構造、ものの見方感じ方にまで、決定論的に影響を及ぼしていて、ああ、おんなの歌は、どこか謎めいていて、どこまでも複雑で微妙な心の働きを感じさせる。されば、おとこどもにとっておんなというものは、永遠の謎であり、遥かな憧憬《しょうけい》である。

美しい別れのあとの第二章

ぽん　と放り出されたままの

こんなふうに「放り出された」ことが、おのれにはあっただろうか、そう自問してみる。きっとこの「美しい別れ」というのは、おとこにとっての、美しい別れであったのに違いない。それを放心したように受け入れて、しかしおんなの心には、受け入れがたい空隙があいてしまっているのかもしれぬ。おとこの身勝手、それは『万葉集』に始まって、『古今集』『後撰集』……と連綿と続いてゆく和歌の伝統のなかの、動かせない「現実」、よろずの恋歌の源泉なのではなかったか。

また、こんな歌もある。

会える日は化粧を落とす
頬と頬へだてるものはなにもいらない

この皮膚感覚もまた、おんなの歌ならではの繊細な味わいで、日頃化粧などしたこともないわたくしには、思いつくことも叶わない歌境である。そうして、そんなふうに頬と頬をひっつけることの嬉しさを、こういうふうに詠み得る人の体と心を、ふと羨ましく思うのである。

いっしょに入るとお湯がざあざあ流れてく
　この舟で川を下ってゆけそう

ちょっとぶきっちょな歌いぶりにも見えるけれど、いやいやじつはそうでない。この二人で湯舟につかって、湯のほとばしるとき、恋の思いもまた、この人の心にほとばしっている、そのかそけき味わい。

むかしむかしの春の歌ひとつ教わって
　くちずさむうち　ねむたくなった

これも、いつか去っていくに違いないおとこと、夫婦という契りを結ぶことをし得ないおんなの、刹那の幸福を詠んだものに違いない。そうして、こういう哀しい幸福こそ、古今の「おんなうた」を規定してきた情調であった。

わたくしは、かにかくに林あまりの歌を深く愛するけれど、と同時に、そこに辿り着くまでの、長い長い、さてまた涙なくしては読めない「おんなうた」の系譜を、こよなく愛する。

わたくしはおとこで、おんなにはなれない。が、『法華経』の裏をかえして「変成女子《へんじょうにょし》」の願いをまで抱かずにはいられないくらい、古今のおんなの歌どもは、めでたい佳什《かじゅう》に満ちているのである。

そのくさぐさの「おんなうた」を、ひろく渉猟しながら、こんなにも切なく面白いものはおんなの歌だということを、そのことを忘れてしまっている人たちにも、ぜひ思い出して欲しいと思って、短き筆に躙《にじ》り書いたのが、すなわちこの小著になったのである。

和泉式部《いずみしきぶ》

天元元年（九七八）頃〜没年不詳
平安時代中期の歌人。大江雅致《おおえのまさむね》の娘。和泉守橘道貞と結婚、小式部内侍を生む。為尊《ためたか》親王・敦道《あつみち》親王と恋をし、両親王薨去後は、一条天皇中宮彰子に出仕。のち藤原保昌と再婚、夫の任地で没。敦道親王との恋の贈答は『和泉式部日記』にくわしい。『和泉式部集』がある。

紫式部の人物評

今から千年ほどの昔、宮中には、続々と才覚ある女房が出現したものであった。紫式部、清少納言、赤染衛門《あかぞめえもん》、そして和泉式部、みな同時代の人たちなのだから、思えば奇跡的なことではなかったか。

面白いのは、『紫式部日記』に、これらの女房たちの人物評が、かなり辛辣に書かれていることで、和泉式部については、こんなふうに批評してある。

「和泉式部といふ人こそ、おもしろう書きかはしける。されど、和泉はけしからぬかたこそあれ。うちとけて文《ふみ》はしり書きたるに、そのかたの才《ざえ》ある人、はかない言葉の、にほひも見えはべるめり。歌は、いとをかしきこと。ものおぼえ、うたのことわり、まことの歌よみざまにこそはべらざめれ、口にまかせたることどもに、かならずをかしき一ふしの、目にとまる詠みこそはべり。それだに、人の詠みたらむ歌、難じことわりゐたらむは、いでやさまで心は得じ。口にいと歌の詠まるるなめりとぞ、見えたるすぢにはべるかし。はづかしげの歌よみやとはおぼえはべらず」

歯に衣着《きぬ》せぬ、とはこれであるが、どうやら和泉式部と紫式部はしばしば文の往来をしたものだったとみえる。そうして、その文には、いつもなにやら一廉《ひとかど》あることが書かれてあったというのだ。さるうちには、おそらく敦道《あつみち》親王との恋のやりとりなども当然知らされていたのであろうか……紫式部から見ると、和泉は「けしからぬかた」のある人であったというのだから、いわゆる「女色好み《おんないろごの》」というべき人として認識されていたことが分かる。そして、その打ち解けて通わせあっていた文は、じっくり慎重に書かれたのではなくて、いわば速筆を以てさらさらと走り書きする底《てい》の文面であったが、そういう即興的な文章のなかに、ちょっとした言葉づかいなど、独特の味わいが垣間見えたというのであろう。

そこで、その歌も、まことに興味深いところを持っていたということらしいが、といって、あくまでもそれは即興的な思いつきの面白さに過ぎず、しかるべき歌学の素養などに照らして考えてみれば、真の歌詠みというべき歌いぶりではなかった、と紫式部は批判している。いわば口から出任せのような即吟ぶりで、しかし、そのなかにどこか一つ、目にとまるような「あや」があったのだということである。

しかしながら、和泉が人の歌などについて難じたり批評したりしているところを聞くと、どうやら大した素養はないらしい、と紫式部は斬り捨てている。

そこで、要するに、才気煥発、考えもせずにすらすらと口から歌が出てくるという、そういう才に任せた歌詠みなのだから、紫式部自身が気後れするほどの歌詠みとは思えない、とこう言ってある。

しかも面白いことは、おそらく、現代の私どもからみると、明らかに和泉式部のほうが歌才は豊かであったろうと思えることだ。

そして、ここに紫式部が、「口にまかせたることどもに、かならずをかしき一ふしの、目にとまる詠みこそはべり……口にいと歌の詠まるるなめりとぞ、見えたるすぢにはべるかし」と、繰り返し押し返し、和泉式部の歌風を評した、その口早な即吟ぶりを思わせる歌どもが、『和泉式部集』に出ている。

敦道親王と詠み交わした恋の歌はもちろん面白く、凄みすら感じられて興味深いのだが、今回は、敢てそこからは離れて、和泉式部の才覚のありようを物語る歌どもを読んでみようと思う。

かならずをかしき一ふしの

「つれづれなりしおりよしなしごとにおぼえし事」

という表題のついた連作歌があって、そのなかがまた

「世中にあらまほしき事」
「人に定めさせまほしき事」
「あやしき事」
「くるしげなる事」
「あはれなる事」

の五部にわかれている。あきらかに、これらは、『枕草子』の、「すさまじきもの」「にくきもの」「うつくしきもの」などの「ものはづけ」の諸章と発想において通底《つうてい》する行きかたと思われる。

そして、実際には、恋の歌がその大半を占めているのである。

世中にあらまほしき事

みな人を同じ心になしはてて
　思ふ思はぬなからましかば

「世の中にこんなことがあったらいいいな」と思うこと……ということは、すなわち絶対にあり得ないことを、願望として詠じているわけである。

紫式部にも苦々《にがにが》しく書かれてしまったように、和泉式部は「女色好み」というべき人であった。

なかでも敦道親王との恋は、『和泉式部日記』にも詳しく描かれていて有名であるが、それ以外にも、長短濃淡いろいろの恋に胸を焦がした人であったから、その暮らしのなかには、いつだってかれこれの男の影が射し、誰かを待って懊悩《おうのう》したり、反発したり、自暴自棄的なことを思ったり、恨んだり、喜んだり、いつでも恋に揺れ動く心とともに生きた人であったことは、その歌どもがよく物語っている。

そういう人だけに、一度契りを結んでしまえば、どうしても思う人、思われる人、思わぬ人、思われぬ人、と恋の懊悩が始まるのは是非もない。その苦しみのなかに恋の味わいがあることは知悉《ちしつ》していながら、それでも、いや、それゆえに式部は、そんな苦しい思いをして来ぬ人を待ったり、冷たくなった男を恨んだりなどせず、ただ平安で幸福な思いのなかに生きる、そんなことがあったらいいな、と言っているのである。

恋を知る人は、思うであろう。

……そんなふうに、契ったとて何も心の動かない仲なら、それは恋ではない。

だから、この式部の願望のようなものは、もちろん本心ではないのだ。いわば、一種の反語、逆説的な恋の懊悩の賛美だと言ってもよい。

しょせんは、そこはかとない思いつきの歌には違いないが、そういうなかに、案外と恋の本質が透けて見えるところにこの歌の面白さがある。

人に定めさせまほしき事
思へどもよそなる中と
かつ見つつ思はぬ中といづれまされり

この題は、「どう考えてみても自分には判断できかねるゆえ、誰か訳《わけ》知りの人に判定してもらいたいこと」という意味であるが、そのなかの一首で、

「いつも思い続けているけれど逢うことの叶わぬ仲と、つねに逢い続けているけれど心の通わない仲と、どちらがまさっているか」

という、まあ「究極の選択」という歌である。

むろん、互いに深い思いを通わせあって、なおかつ常に男が通ってきてくれる、とそういうのがあらまほしい恋に違いないのだが、実際には、そんなことは、まずなかったのであろう。

特に、男と女の性愛的な生理の違いは、常に恋のすれ違い、温度差を生まずにはおかぬ。それは、『源氏物語』などを持ち出すまでもなく、現代の私たちだって、なるほどそれはそうだと思い当たるところが、必ずどこかにあろう。

しかも和泉式部という人は、生涯、そういうすれ違う恋に激しく揺れ続けた人であったのだから、こういう言葉遊び的な歌いぶりのなかにも、おのずから恋の真実が籠《こも》っているように読みなされる。

紫式部が「口にまかせたることどもに、かならずをかしき一ふしの、目にとまる詠みこそはべり」と認めたのは、こういう面白さであったにちがいない。

あやしき事

世の中にあやしき物は
　しかすがに思はぬ人のたえぬなりけり

「あやし」という形容詞は、どうにも納得できかねる、不可思議千万《せんばん》だ、という心である。

「しかすがに」というのは「そうであるのに」というほどの意で、この歌はちょっと

難解な詠み方であるが、下の句を「思はぬ人を思ふなりけり」とする本もあることを勘案して意訳すると、

「この世の中で、さっぱり納得できかねることは、これほどに恋は苦しいのに、それでもなお、思ってもくれぬ人を思う人が絶えぬということだ」

という意味でもあろうかと想像される。

恋に苦しんで、さんざん懊悩を重ねた人が、それでは、もうすっきりと思い切って仏道にでも帰依《きえ》し得るかと言えば、そんな簡単なものではあるまい。志賀寺《しがでら》の上人《しょうにん》は御年《おんとし》八十三にして、芳紀《ほうき》まさに十六歳ほどの京極の御息所《みやすどころ》に恋をしたなどという説話もあるくらいだ。

恋は曲者《くせもの》、恋は思案の外《ほか》なのだ。だから、こういう歌のなかには、恋に苦しみながら、しかし、恋を諦めることができず、どうしても異性に惹かれてしまう己《おのれ》の心を、自嘲的に詠じた気味が感じられるのではあるまいか。

くるしげなる事

世の中にくるしき事は

こぬ人をさりともとのみ待つにぞ有ける

この歌には、かくれた筋はない。一読して意味の明らかな歌であり、恋の歌の類型を少しも出ない作ではあるが、しかし、またこんな歌も式部にはある。

久しうをともせぬ人に

うらむべき心ばかりはあるものを
なきになしてもとはぬ君かな

誰だかは分明《ぶんめい》でないが、ともかく、契りを結んだ男が、もう久しいこと、コソとも音づれることなく過ぎた。その、もう自分を忘れてしまったように見える男に、「わたしは、こんなに逢えずにいても、まだあなたを恨むほどの心だけは残っておりますのに、あなたはそれを、まったく無いものと見なして、いっこうに来てはくださらないのですね」

と、恨みわたった歌だ。

すなわち、恨むことも逆説的な愛情の顕《あらわ》れなのだと、こういう歌は主張しているのだが、それは、たしかに恋の真実に違いない。

そうやって、女はいつだって酷薄な(と、女からは見えるところの)男を、恨みながら、しかし心のどこかで来てくれないかなと待っていたのである。

来てくれないから、もう脈はないと理性では判断しながら、それでも恋の情けはなお待とうとする。その苦しさ、いっそ忘れられたらどんなによいだろうと思うのだが、恨んでいても、決して嫌いにはなれない、という、この微妙なところを、歌ったのがこの歌である。

なかなか隅に置けぬ歌と評し得るであろう。

あはれなる事

哀れなることをいふには
　なき人を夢よりほかに見ぬにぞ有ける

この連作は、五首からなるのだが、すべて、上の五七は同じである。で、「心に沁みて悲哀を感じること、それを言うなら、亡き人と夢でしか逢えないこと、もう決して逢えないという現実」とでも訳したらよかろうか。

これも、言葉遊び的な発想に出た連作歌であるけれど、式部は、最愛の人、弾正宮為尊親王《だんじょうのみやためたか》に先立たれ、やがてその同腹の弟敦道親王の求愛を受け入れる。が、亡き兄宮への痛切な思いは、おそらく絶えることがなかったのであろう。

また、最初の夫橘道貞《たちばなのみちさだ》との間に儲けた一女、小式部内侍《こしきぶのないし》にも先立たれるという不幸を味わわなくてはならなかった。

疫病などのしばしば流行したこの時代にあっては珍しいことではなかったとはいうものの、将来を嘱望されたすぐれた歌人でもあったこの娘に死なれたことは、大きな打撃であったに違いない。

この歌は、直接にはやはり為尊親王が念頭にある、亡き恋人への思慕と逢えぬ悲嘆を歌ったものと見るべきではあるが、死せる娘への痛哭《つうこく》も含まれているかもしれぬ。

そうやって読んでみると、和泉式部が、類型的で即興的な詠歌のなかにも、切実にその人生の悲哀を詠み込んだことが感じられてくる。

まさに、口早に詠み並べたなかに、おのずから一廉《ひとかど》の興趣が含まれて、そこに目がとまる歌……なるほど紫式部の批評は鋭い、と今さらながら感じ入るのである。

建礼門院右京大夫《けんれいもんいんうきょうのだいぶ》

保元二年（一一五七）?～没年不詳
平安時代末期・鎌倉時代初期の歌人。藤原（世尊寺《せそんじ》）伊行《これゆき》の娘。高倉天皇の中宮建礼門院平徳子に右京大夫として出仕し、平資盛《すけもり》に愛された。のち、後鳥羽院に再び出仕。『建礼門院右京大夫集』がある。

『平家物語』の時代を生きた人

源平両氏が戦《いくさ》に明け暮れるようになる以前、すなわち平家にあらずんば人にあらず、などと言われていた時分には、すでに宮中の実権はおしなべて平家の手に握られ、その代わり、平家中枢の人々は、もはや武士であることを閑却して、すっかり「公達《きんだち》」となりおおせていた。

さるなかにも、もっとも美しい男ぶりを謳われたのは、平重盛《たいらのしげもり》の嫡男《ちゃくなん》、右近衛少将兼中宮権亮維盛《うこんえしょうしょうけんちゅうぐうごんのすけこれもり》であった。

さて、のちに壇ノ浦で入水《じゅすい》しながら、不思議の命を助けられて、大原寂光院《じゃっこういん》に隠遁した建礼門院徳子《けんれいもんいんとくこ》に仕えていた女房で、右京大夫《うきょうのだいぶ》と呼ばれた人があった。

生没年などは未詳だけれど、この人は名筆家世尊寺伊行《せそんじこれゆき》を父とし、伶人《れいじん》（宮廷音楽家）大神基政《おおみわもとまさ》の娘夕霧《ゆうぎり》を母として生まれたのであるから、もとより芸術的遺伝子に恵まれていたことは想像に難《かた》くない。

この右京大夫の家集というべきものが『建礼門院右京大夫集』であるが、ただ、そのなかには、その周辺にいた人々の詠歌も含まっているので、すべてが彼女の歌ではない。

この歌集の面白いことは、かなり長い小説的な詞書《ことばがき》が多く付随していることで、ために、おのずから歌物語という感じに読めることと、あの『平家物語』の時代を宮中の女の目から見た「裏面史」として読めるところに、また一層の興味が引かれるのである。

この人がどんな風采の女房であったかなどは、もとより知るすべもないのであるが、おそらく、非常に見目《みめ》麗しく、教養豊かで、また活発な精神を持った、総じて魅力満点な女性であったろう。

こんなエピソードがある。

おなじ人の、四月《うづき》みあれの頃、藤壺《ふぢつぼ》にまゐりて物語せしをり、権亮維盛のとほりしを呼びとめて「このほどに、いづくにてまれ、心とけて遊ばむと思ふを、かならず申さむ」などいひ契りて、少将はとく立たれにしが、少し立ちのきて見やらるるほどに立たれたりし、二《ふた》藍《あゐ》の色濃き直衣《なほし》、指貫《さしぬき》、若楓《わかかへで》の衣《きぬ》、その頃の単衣《ひとへ》、つねのことなれど、色ことに見えて、警《けい》固《ご》の姿、まことに絵物語にいひたてたるやうにうつくしく見えしを、中将「あれがやうなる身ざまを思はば、いかに命も惜しくて、なかなかよしなからむ」など言ひて

うらやまし見と見る人のいかばかり
なべてあふひを心かくらむ

この「おなじ人」とあるのは、頭中将西園寺実宗《とうのちゅうじょうさいおんじさねむね》という人で、この人が四月の賀茂祭《かものまつり》（葵祭《あおいまつり》）の時分に、藤壺にやってきて世間話に興じていると、そこにちょうど維盛が通りかかった。さっそく実宗はこれを呼び止めて、近々に管弦の遊びをしよう、などと約束し、維盛はすぐに立ち去っていったのだが……。

この時、ちょっと離れたところに立っている維盛の姿を見れば、藍と紅で染めた色濃い直衣《のうし》（貴族の常服）に、指貫（足首のところを括《くく》った緩い袴）、さらに若楓（表薄萌黄《うすきもえぎ》、裏紅梅《こうばい》の襲《かさね》の色目）の衣を重ね、季節柄のさっぱりとした下着がちらりと見えている……その凜々しさ。これを見て、実宗は、

「とかくあれほどの美男子ともなると、わが身かわいさで命も惜しくなるだろうから、かえって男としてはよろしくないな」

などと言いつつ、一首の歌を右京大夫に詠みかけた。その歌は、

「羨ましいことだな、あの美男ときては、一目でも見る女たちは、誰もかれも一人残らず、どんなにかあふひ（葵＝逢ふ日）を心にかけるであろうな」

こんな冷やかしのような歌を詠みかけて、あまつさえ、こう言い添えた。

「ただ今の御心のうちも、さぞあらむかし」といはるれば、物のはしに書きてさし出づ

なかなかに花の姿はよそに見て
あふひとまではかけじとぞ思ふ

といひたれば、「おぼしめしはなつしも、深き方にて、心清くやある」と笑はれしも、さることと、をかしくぞありし。

すなわち、実宗は、

「どうです、あなたの御心の内も、こんなところでしょうね、きっと」

と言ったのだが、右京大夫は、返歌を、わざとそこらの切れっ端《ぱし》に書いて御簾《みす》の下から差し出したというのである。それは、

「中途半端に高嶺の花に思いを寄せなどしませぬ。ああいう花は、自分とは縁のないものと思って、あふひ（逢ふ日）だなんてことまでは、心に掛けることもすまいと思っておりますから」

という、なかなか鼻っ柱の強い歌であった。すると、実宗も負けていない。

「ははあ、そのように思い捨てたようなことを言うのこそ、心中深く思っているなによりの証拠、さてさて、ほんとにご本心から、そんな歌を詠まれるのでしょうかなあ……」

と言ってカラカラと笑ったので、彼女自身も、なるほどそれはそうかもしれないな、と我ながらおかしくなった、というのである。

こういうエピソードの物語るところ、右京大夫という人は、才気煥発な頭脳と、明るい性格、そして魅力的な容姿を兼ね備えていたであろうと推量される。魅力のない女に、男たちは、こんなざれ言《ごと》を言いかけたりはせぬ、それが道理というものだ。

平資盛との恋

さて、この右京大夫には、二人の名高い男たちが恋の覇者として名乗りを上げた。一人は、平資盛《たいらのすけもり》である。

なにとなく見聞《みき》くごとに心うちやりて過ぐしつつ、なべての人のやうにはあらじと思ひしを、あさゆふ、女どちのやうにまじりゐて、みかはす人あまたありし中《なか》に、とりわきてとかくいひしを、あるまじきことやと、人のことを見聞きても思ひしかど、契《ちぎ》りとかやはのがれがたくて、思ひのほかに物思はしきことそひて、さまざま思ひみだれし頃、里にてはるかに西の方《かた》をながめやる、こずゑは夕日のいろしづみてあはれなるに、またかきくらししぐるるを見るにも

夕日うつるこずゑの色のしぐるるに
　心もやがてかきくらすかな

宮廷の生活に、まずは貴族たちの恋のせめぎ合いが大きな部分を占めていたことは、『源氏物語』などを見るまでもなく想像されるところである。

そういう懸想文《けそうぶみ》のやりとりや、忍び来る男の影や、いろいろな恋の駆け引きを日常見聞きするたびに、右京大夫は「私はそんなことには心を留めぬことにしなくちゃ……そこらの人と同じようなことはしないようにしよう」と内心堅く思っていたはずなのだが、なにぶん、才色兼ね備えた平家の公達などがしょっちゅう身辺に出入りする世界である。

かかる男たちのなかに、とりわけ熱心に言い寄ってくる人があった。

それが資盛であった。

さしも心を堅固にしていた彼女も、ついにこの資盛に籠絡《ろうらく》されてしまうのだが、それは前世からの因縁で、やむを得ないことであったと、女は、そう自分に言い聞かせる。

しかし、ひとたび資盛の腕に抱かれて夜を過ごしてしまった女の身には、おのずからよろずの苦悩が添いまさるのであった。

さるほどに、たまたま里下がりをして、実家の邸で、西のほうを眺めつつ物思《ながめ》に沈んでいた折しも、ちょうど西に日が落ち、木々の梢も夕映えのうちに沈んでいって、その有様がしみじみと身に沁みて見えたところへ、また空も暗く曇りきてざっと時雨《しぐれ》が落ちてきた。その時の歌。

「夕日の色も暗くなって、木々の梢も夕闇に沈んでゆくさえあるに、また時雨までも降り来ては、私の心もそのまま真っ暗に打ち曇ってゆくことよ……」

この歌を初めとして、しばらく、資盛への思慕と、来てくれない男の冷淡を恨んでの歌が続く。

露のおくをばなが袖をながむれば

たぐふ涙ぞやがてこぼるる
物思へなげけとなれるながめかな
たのめぬ秋のゆふぐれの空

「ああしてしんみりと露に濡れているススキの穂を眺めていると、なにやら身につまされて、私の袖を濡らす涙がはらはらとこぼれます」

「物思いに暮れよ、もっと嘆けという眺めなのだろうか、こんなにも当てにならぬ男心の、そのようにあっというまに色の変わってしまう秋の夕暮の空」

こういう歌の詠みぶりは、たとえば紫式部が『源氏物語』のなかに数多く詠みおいた恋の嘆きの歌どもにくらべると、かなり分かりやすく、修辞も単純だと言ってよいけれど、それは一つには時代相でもあろう。

しかし、そればかりでなく、この右京大夫という人の、より単刀直入で真っ正直な人柄が、そこはかとなく反映しているようにも眺められる。

結局しかし、資盛と右京大夫は身分も違い、年齢も女のほうが年長であったと見えて、長続きはしなかった。

すこし後に、こう出てくる。

とかく物思はせし人の殿上人なりし頃、父おとどの御供に、住吉《すみよし》にまうでてかへりて、洲《す》浜《はま》のかたむすびたるに、貝どもをいろいろにいれて、わすれ草をおきて、それに縹《はなだ》の薄様《うすやう》に書きて、むすびつけられたりし

浦みてもかひしなければ住《すみ》の江《え》に
おふてふ草をたづねてぞみる

資盛が父重盛の御供《おとも》で、住吉《すみよし》に詣でた時に、右京大夫に対して一つのお土産を贈ってよこした。それは、洲浜を象《かたど》って飾りつけた盤《ばん》の上に住吉の浜の貝を色々入れて、そこへまた住吉の名物である忘れ草（萱草《かんぞう》）を置き、海の色を思わせる縹色（薄い藍色）の薄様紙に書いた歌を結びつけてあったのだ。

「住吉の浦見ても何の貝もありませぬゆえ……あなたの冷淡な心を恨みても、何の甲斐もありませぬゆえ、私はその住吉の浦に生えるという忘れ草というものを探し得て、あなたへの思いを忘れようと思っています」

じつにしらじらしいことを男は言ってよこしたものである。

まことは、この恋に冷淡であったのは資盛のほうで、右京大夫はひたすら泣いて待っていたのであったから……。

女はさっそく筆を執って、秋らしい紅葉色《もみじいろ》の薄様紙に、こう書いて突き返した。

住の江の草をば人の心にて
　われぞかひなき身をうらみぬる

「なんと、住の江の浦の、その忘れ草とやら、それはすなわち、あなたの御心ではありますまいか。すっかり私のことなどお忘れと見えますから、私のほうこそ、その浦に貝のないように、恋しても何の甲斐もないことを恨んでおります」

まことに激しい返し歌で、これには資盛も鼻先をぴしゃりとたたかれたような思いがしたことであろう。

仮初めの恋

そして、この恋が終わるか終わらぬか、という懊悩《おうのう》のうちに、次の男が言い寄ってくる。

その頃、色好みとして名高かった、藤原隆信《ふじわらのたかのぶ》というかなり年長の風流人であった。画家としても名高かったこの人は、あちこちで浮名《うきな》を流しつつ、なかなか靡《なび》かない右京大夫に、資盛との一件を仄《ほの》めかし、強引に言い寄ってくる。

この時、右京大夫は、

人わかずあはれをかはすあだ人に
なさけしりても見えじとぞ思ふ

「誰彼構わず恋わたるような移り気なお方には、恋の情けを知る女だなんてふうに思われたくもありません」

という手厳しい拒絶の歌を返して、毅然たる女ぶりを見せるのだが……。

しかし、色好みとして名高い藤原隆信ともなると、多少鼻先を叩かれるような拒絶にあったとて、そんなことはもとより「想定内」に違いないのであった。

賀茂の葵祭《あふひまつり》の日、その「あふひ＝逢ふ日」ということに事寄せて、隆信は臆面もなく、こんな歌をよこす。

ゆくすゑを神にかけても祈るかな
あふひてふ名をあらましにして

こういう修辞は、『源氏物語』などにも繰り返し出てくるモチーフで、それ自体はなんの新しみもないが、男は、ただ逢うだけではなくて、これから先、いや来世までもの愛を誓おうというほどの口ぶりである。

「これから将来も、ずっと私の思いが変わらぬことを、賀茂の神の名にかけても祈りましょう。なにしろ今日の祭は『あふひ』という名の祭なのですから、その名を頼りとして……」

とまあ、こんなことをいけしゃあしゃあと申し入れてきたのだ。

さてもさても、隆信は、いったい何人の女にこんな恋の歌を投げやったことであろう。

右京大夫は、さっそく筆を執って、言い返す。

もろかづらその名をかけて祈るとも
神のこころに受けじとぞ思ふ

「……なるほど今日は葵祭で、人々は冠に葵と桂を懸けて、その『あふひ（逢ふ日）』を祈っているけれど、そんなことをしても神様はお受けになるまいと思います」

が、この拒絶は一種、恋の「手続き」に過ぎなかった。

男は、夜、平然と忍び入って来て、強引に情けを交わす、それがこの時代の貴族社会の黙契《もっけい》なのであった。

この「受けじとぞ思ふ」と歌った、その次の歌には、

かやうにて何事もさてあらで、かへすがへすくやしきことを思ひし頃、

越えぬればくやしかりける逢坂《あふさか》を
なにゆゑにかは踏みはじめけむ

という歌が出てくる。

おそらくは、女のほうだって、やはりそれなりに興味はあったのだろうし、男も、女が体を開き心を許さずにはいられない魅力を具《そな》えていたに違いない（だからこそ「色好み」でいられるのだ。女から見て魅力のない男は、決して「色好み」にはなれぬ）。が、どんな男でも、またその恋が仮初《かりそ》めの遊びごとだと頭では分かっていても、ひとたび一線を越えてしまえば、女の心には、恋の執着が芽生える。

しかし、色好みの男は、口説いて寝てしまえば、たいていそこで熱が冷める。あたかも『源氏物語』における、光源氏と六条御息所《ろくじょうのみやすどころ》のような、男女の温度差が自動的に発生せざるを得なかったのであろう。

だからこそ、「『逢ふ』という一線を越えてしまったら、かならずや悔やむことになると、頭では分かっていても、いったい私はなんだって、その越えてはいけない逢坂の関路《せきじ》を踏み越え始めてしまったのだろう」と、こう嘆くのだ。

さればこの歌は、その一線を越えてまもなくの歌のように読める。

ところで、この隆信という人は、自分で通ってくるのでなく、どうやら迎えの車などよこして、自分の家で右京大夫を抱いたのであるらしい。

元来、女房という階級の女は、まともな恋の相手というよりは、男の欲望のはけ口というようなところがあったと見えて、公卿《くぎょう》たちからは、たしかに蔑《さげす》まれ一段低く見られていた。だから隆信も、右京大夫とそんなふうに契りを重ねながら、一方で家柄由緒正しいお姫さまを正室《せいしつ》に迎えることになったのであった。

車おこせつつ、人のもとへ行きなどせしに、『主《ぬし》つよく定まるべし』など聞きし頃、なれぬる枕に、硯の見えしをひきよせて、書きつくる、

たれが香《か》に思ひうつると忘るなよ
　夜な夜ななれし枕ばかりは

床の辺にあった懐紙《かいし》などに、女はこう書きつけた。
「どなたとこの枕を交わすことになろうとも、そしてあの人がその方の袖の香りに思いを移すことになろうとも、どうか枕よ、そなたばかりは、私を忘れないでおくれ」それより、「またしばし音せで」とか「絶え間久しく」とかいうような詞書の歌が続き、結局隆信との恋は、なんの甲斐もないものと知れた。その時の歌。

思ひかへす道をしらばや恋の山
　は山しげ山わけいりし身に

この歌には本歌《ほんか》があって、
筑波山端山茂山《はやましげやま》茂けれど
　思ひ入るにはさはらざりけり
という源重之《みなもとのしげゆき》の歌（『源氏物語』にも引かれてよく知られた歌であった）、
「あの筑波山には麓の山々にも木々は茂りに茂っているけれど、なに、いったん思い込んで通っていくほどの気持ちがあれば、なんの障《さわ》りにもなりはせぬ」
という恋心の熱誠《ねっせい》を誓う歌であった。
右京大夫は、
「私は、夢中になって恋の山に踏み入り、あの端山茂山を踏み分けて深く入ってしまったけれど、今となっては、思い返し引き返す道を知りたいものだわ」
と、もうこの恋が行き止まり、無駄ごとであったことを自覚せざるを得なかった。

別れても好きな人

こうして、右京大夫の心は再び、かの平資盛《たいらのすけもり》のもとへ戻っていった。
すぐに、こんな歌が出てくる。

父おとどの御供に熊野へまゐると聞きしを、帰りてもしばし音なければ

忘るとは聞くともいかがみ熊野の
浦のはまゆふうらみかさねむ

どうやら、資盛の父平重盛《しげもり》が熊野詣でをしたときに、資盛もそれに随行したらしいのであるが、その噂を聞いて、右京大夫は、帰京後なにか珍しい土産話がてらの消息でも貰えるかと期待していたのである。

……ということは、資盛とは完全に切れたわけではなく、隆信と関係していた間も、折々文《ふみ》の通いなどはあったらしい。

そもそも女房というものは、女主人の秘書役というような職掌《しょくしょう》を兼ねているので、

建礼門院への消息の伝達役など担《にな》っていたに違いなく、そういう折々には、右京大夫にもちょっとした文などを書いてよこしたのであろう。それが、こたびはなんの音沙汰もなかったというのだ。

こういう表現から、「別れても好きな人」資盛のよこす手紙には、いつも彼女をほんのりと喜ばせる言葉が書かれていたことなどが想像される。

一時は隆信の押しに負けて関係を持っていたが、熱が冷めてみると、やはり好きで好きでしかたないのは、資盛その人であったことを、右京大夫は自覚せざるを得なかったのだろう。

この歌にも本歌がある。

忘るなよ忘るときかばみ熊野の
浦の浜木綿《はまゆふ》うらみかさねむ

という道命《どうみょう》法師の歌で、

「俺の事を忘れるなよ、もし忘れたと聞いたなら、あの熊野の浦の浜木綿の葉が風にいいかげん裏を見せて重なっているように、俺の心も恨みを重ねることだからな」

という、あまり内容のない歌なのだが、これを下敷きにした右京大夫の歌は、まったく気分が違う。

「あなたが私を忘れてしまったと聞いたとしたって、私はいいわ。あの熊野の浦の浜《はま》木綿《ゆう》は裏を見せて重なると言いますけれど、私はどうしてあなたへの恨みを重ねたりするものでしょうか」

あなたは私を忘れてしまったかもしれないけれど、私は……私の気持ちは、少しもあなたを恨んだりしません、それどころか、今も思いは変わらぬものを……。

ここにおいて、右京大夫が資盛に寄せる思いは、隆信へのそれとは全然質が違うことに思いが至る。

けなげで正直で、虚勢を去った女心のかわいらしさがここに露頭している。

やがて、右京大夫は宮仕えを辞めて里に下ったが、それでも隆信は、絶え絶えながらに関係を持続していたらしい。もはや恋は色褪《いろあ》せ、ただ惰性でつきあっていた、そんなところだろうか……。

さる間にも、源平闘諍《げんぺいとうじょう》の騒然たる世となり、資盛はおちおちと恋に遊んでいることもできぬ身の上となった。

しかし、資盛は、ふっとまた一枝《ひとえだ》の花を持って右京大夫の許《もと》へ訪ねてきたりすることがあったらしい。

しばらく、右京大夫が西山のあたりに住んでいた頃（おそらくは兄尊円《そんえん》の住む西山善峰寺《ぜんぽうじ》あたりに仮寓《かぐう》していたのだろうと推定されている)、こんな歌を詠む。

訪《と》はれぬはいくかぞとだにかぞへぬに
　花のすがたぞ知らせがほなる

ここで歌われている「花」が何だかは分からないのだが、実は、

「この花は、十日余りがほどに見えしに、折りて持《も》たりし枝を、すだれにさして出でにしなりけり」

とあって、つまりは、十日余り前に、くだんの資盛がふっとやってきて、手にしていた花を、帰りしな簾《すだれ》に挿《さ》して出ていった、そういう謂《いわ》れのある花なのであった。……だから、右京大夫は、枯れても捨てることができぬ。そこに恋しい資盛の面影を見るからである。

「こうしてあの方が訪ねてくれぬままに、何日経ったかと数えもせぬけれど、この枯れた花の姿が、訪れの離《か》れて久しいことを知らせているようにみえます」

と、そういう歌だが、ここには、隆信の訪れが絶えているのを恨む調子とは明らかに違って、もっと静かに、もっと深く資盛を思いやる哀しみが感じられる。

やがて、平家一門は都落ちして西国に彷徨《さまよ》う日々となった。戦況が刻々と都に伝えられ、次第に平家一門の死者も噂に上り、また首渡しやら重衡《しげひら》の引き回しやら、なつかしい人々が惨憺《さんたん》たる境遇に落ちていくのを、右京大夫はただじっと見ているほかはなかった。

しかも、資盛の動静は分からない。

そういう折であった。

恐ろしきもののふども、いくらも下る。何かと聞けば、いかなることをいつ聞かむと、かなしく心憂く、泣く泣く寝たる夢に、つねに見しままの直衣《なほし》姿にて、風のおびただしく吹く所に、いと物思はしげにうちながめてあると見て、さわぐ心に覚《さ》めたる心ち、いふべきかたなし。ただ今も、げにさてもやあるらむと思ひやられて、

波風の荒きさわぎにただよひて
　さこそはやすき空《そら》なかるらめ

京じゅう、源氏の東国武者が充ち満ち、続々と平家の公達《きんだち》戦死などの報が入る。ああ、資盛さまは生きておいでだろうかと、女心は安まらぬ。

……そういうある夜、彼女は、資盛がなつかしい普段着のまま、茫々《ぼうぼう》と風の吹くところにしょんぼりと立っている姿を、ありありと夢に見たのだ。

ああ、まだ生きているのだろうか、生きているとしても、きっとこんな寂しい辛い境涯《きょうがい》に……と、寝覚の床で右京大夫は胸の潰《つぶ》れる思いに打ち拉《ひし》がれる。

そこでこの歌が詠まれたのだ。

「波風が荒々しく騒いでいる、このただならぬ闘諍の巷《ちまた》に落魄《らくはく》し彷徨《さまよ》って、あたかもこの嵐の空のように、さぞ心の休まる時とてもないでしょう」

かにかくに右京大夫の心は、どこまでも資盛の面影を追い求めるのであった。哀切なる歌境《かきょう》、味わうべし、味わうべし。

やがて資盛が壇ノ浦に入水《じゅすい》したのち、彼女は、ひたすら彼の後世菩提《ごせぼだい》を弔《とむら》って、仏道の勤行《ごんぎょう》に励む。

そうしてその命日、弥生《やよい》二十日余りの頃に、右京大夫は資盛の後世安楽を祈って勤行しながら、ふと、こんな歌を口ずさむのであった。

いかにせむ我がのちの世はさてもなほ
　むかしの今日をとふ人もがな

「ああ、どうしよう。私が死んで後にどうなるかは、どうでもいい。でも、もし私が死んでしまったら、昔契《ちぎ》ったあの人の命日を、だれがいったい弔ってくれるだろう……だれか、弔ってくれる人がいてほしい」

こんな歌を歌いながら、右京大夫は、

「たへがたく悲しくて、しくしくと泣くよりほかのことぞなき」

というありさまであった、と書き残している。

資盛も、ここまで恋い慕われたとあっては、男冥利《おとこみょうり》、以《もっ》て瞑《めい》すべしと申すべきではないか。

式子内親王《しきしないしんのう》

仁平三年（一一五三）頃～建仁元年（一二〇一）

平安時代末期・鎌倉時代初期の歌人。後白河天皇の第三皇女。およそ十年間賀茂斎院をつとめ、病により退下《たいげ》、晩年に出家。藤原俊成に和歌を師事する。『新古今集』に四十九首入集、『千載集』以下の勅撰集に百五十五首入集。『式子内親王集』がある。

唐土の宮女になぞらえて

『新古今集』を代表する歌人の一人に、後白河院の第三皇女、式子内親王《しきしないしんのう》がある。

この人の歌は、極度に研ぎ澄まされた鋭敏な叙景感覚と、新しい素材や表現を模索する先進性、そして憧れに満ちた空想的歌境に、その嘉《よみ》すべき特色があるように思われる。

たとえば、こんな歌がある。

みじか夜の窓の呉竹《くれたけ》うちなびき
　ほのかにかよふうたたねの秋　（前斎院《さきのさいいん》御百首）

一読しただけでは、どこがよいのか分からないかもしれないが、まずは、この歌の背後に白楽天の漢詩句があることに留意しなくてはならぬ。

すなわち、その原拠と目すべきものは、『白氏文集《はくしぶんじゅう》』巻十九に出る、「七言十二句、駕部呉郎中七兄ニ贈ル《がぶごろうちゅうしちけい》」という詩の第七・八句、

「風竹《かぜたけ》に生《な》る夜《よ》は窓の間に臥《ふ》し、
月松《つきまつ》を照らす時に台《うてな》の上《ほと》りに行《あり》く」

というところなのだが、これはまた『和漢朗詠集』巻上「夏夜」にも引かれているので、平安朝の雅人たちにはよく知られた詩句であった。

現に、『源氏物語』の「胡蝶」にも、

「雨はやみて、風の竹に鳴るほど、はなやかにさし出たる月影、をかしき夜《よ》のさまもしめやかなるに」

という行文があって、ここは、その白詩を下敷きとした、詩的でエキゾチックな描写と読むのが通説となっている。

さて、ところで、式子内親王のような人が住んでいた邸となれば、これは寝殿造《しんでんづくり》である。そして、寝殿造という建物は、極言すれば柱と屋根と壁しかない構造で、内外を分けるものは、蔀《しとみ》と呼ばれる吊り上げ式の格子戸《こうしど》と、御簾《みす》と、限られた部分の壁と、壁代《かべしろ》と呼ばれる一種のカーテンと、障子という引き戸と、あとはせいぜい妻戸《つまど》という開き戸くらいであった。

つまりは、「窓」なんてものは、この時分の寝殿造の建築には存在しなかったのだ。

ここが一つの着目点である。

しかし、唐画などを見れば、そこには後宮の殿閣にも、あるいは隠士高士《いんしこうし》の棲む水《すい》辺《へん》の庵などにも、歴々と窓というものが描かれていただろう。いわば、まだ見ぬ異国の、絵に見るしかないエキゾチックな道具立て、それが「窓」であった。

今日の私たちにとっては、窓などは当たり前だけれど、当時の人たちにとっては、明治の文人が異人屋敷のレンガ壁やバルコニーなどへ憧憬《しょうけい》を募らせたのにも似て、それまでの和歌にはない新機軸の異国趣味であったと思っておかなくてはならぬ。

しかし、だからといって、これを白楽天のうたた寝を歌ったものと読んでは身も蓋もないというもので、ここはやはり、みずからを唐土《もろこし》の宮女《きゅうじょ》に見立ててのうたた寝と読みたいところである。

「短夜《みじかよ》」という言葉は、もともと「恋人との逢瀬には秋の夜長でも短く感じる……ましてや夏の短夜とあれば、瞬く間に過ぎる」という含意から、しばしば恋の名残惜しいセンチメントと綯《な》い交ぜになって用いられる。

『拾遺集』の夏歌に、

郭公《ほととぎす》鳴くや五月《さつき》の短夜も
ひとりし寝《ぬ》れば明かしかねつも

という読み人知らずの歌（実は『万葉集』巻十に出ている作者未詳の古歌の再録）があるが、これは、恋人と過ごせば秋の夜長も短いのに、独り寝を託《かこ》っていると、夏の短夜だって長く感じる、そういう消息である。

『新古今集』巻十三、恋歌三にも、

　　みじか夜の残りすくなくふけゆけば
　　　かねて物うきあかつきの空

という藤原清正《きよただ》の歌があるが、「夏の夜、女の許《もと》にまかりて侍《はべり》けるに、人しづまるほど、夜いたく更けてあひて侍ければ、よみける」という詞書《ことばがき》が物語るように、夏の短夜も更けて女の許に来たゆえ、ただでさえ辛い暁の別れなのに、こんなにあっという間に明けてしまっては辛さも一入《ひとしお》だ、という嘆きで、まさに短夜という語が、恋の情調と不可分の関係にあることの分かる好箇の一例である。

されば式子内親王の歌もいきなり「みじか夜の」と歌い出したところで、短き夏の夜に通い来る男との逢瀬を……ということをどうしたって想像させる。

そこへしかし、「窓の呉竹」とくると、これは外国の景色のような気分で、ハイカラなる恋の歌らしく感じてくる。この展開が新しい感覚である。

ところで、『万葉集』巻四に、額田王《ぬかたのおおきみ》の相聞歌《そうもんか》として挙げられている、

君待つと我《あ》が恋ひ居《を》れば
我が宿の簾《すだれ》動かし秋の風吹く

という歌があるのを学校で習った方もおいでであろう。

この歌が額田王の作であるかどうかは確かでないが、むしろ歌風としては民謡らしく読まれる。

要するに、通って来る男は、女の家に来るとなにかコトコトと音を立てて、やって来たことを知らせるのが常であったから、「おとづれ＝音づれ」という言葉ができたのだ。されば、待つ女は、夕方になると早や、気もそぞろに男の訪れる「音」を期待している。だからこそ、ちょっと簾が秋風に揺れてコトコトいうだけでも、すわっ、と胸ときめくのである。額田王のこの歌は、そういう刹那《せつな》の気分を歌っていると見なくてはつまらない。

かかる発想を背景にして、自身を唐土の宮女になぞらえたとしたら、おとずれの音は、簾を動かすそれではなく、窓の呉竹の葉擦《はず》れの音こそ相応しいということなのであろう。

かにかくに、この歌は恋ということを正面から歌っているのではないが、春夏秋冬を主題とする歌にも、しばしばこういう恋の情調が仄《ほの》めかされるということは、和歌の世界には決して珍しくないのである。

かくして、呉竹の葉擦れの音を聞かせてから、「ほのかにかよふ」と来ると、どうしてもそこに淡い恋の気分が込められると見るのが当たり前のように思える。

では、誰が通ってきたのか、と思うと、ことはそんな具体的な恋の話ではなくて、夏の短夜に、独りでうたた寝をしていたら、ザワザワと風の音がして、夢に通って来たのは秋風であった、というのである。夏のうたたねの夢に秋風が通うということを、「うたたねの秋」と詠んだのも表現としては実に新しい。

虚構の世界に遊ぶ

式子内親王の歌としては、あの『百人一首』にも取られて人口《じんこう》に膾炙《かいしゃ》している、

玉の緒よ絶えなば絶えね長らへば
　しのぶることの弱りもぞする

という激しい恋の懊悩《おうのう》を歌った詠《えい》を思い出すけれど、そしてそういう「恋に死んで

しまう」というような、熱烈な詠みぶりの歌もいくつかあって、たしかに特色の一つとして見てよい。……が、それにしても、和泉式部の歌などとは違って、はたしてどこまで実際の経験を反映しているのか、はっきりは分からない。

なにしろこの人は、十歳のときに賀茂の斎院《さいいん》に選ばれて、以後二十一歳の時に病で職を辞するまで、ずっと神域の巫女《ふじょ》として清浄無垢《しょうじょうむく》の生活をしてきたのであったから、宮廷の女房たちのように、多くの男と関係を結びながら、心底《しんそこ》恋の懊悩に身を焦がしたというような生活は、もとより想定しがたいのだ。

それは、『源氏物語』に出てくる朝顔の斎院の剄直《けいちょく》な精神性などを想起しても分かるところである。

だから、式子内親王のは、恋の歌といっても、物語の世界から連想するとか、この「みじか夜の……」の歌のように漢詩文の世界に遊ぶとか、どこか空想的であることを免れない。

しかし、だからといって歌としてつまらないということには決してならない。

いや、もともと平安朝の和歌世界は、基本的に虚構的であった。

百首歌《ひゃくしゅうた》というような題詠歌、あるいは屏風歌《びょうぶうた》のように絵に材を求める歌など、堂上《とうしょう》の和歌世界は、虚構に遊ぶなかに、そこはかとなく実体験を織り交ぜるというような行き方であったのだ。

現在『式子内親王集』として知られている家集は、

「前斎院《さきのさいいん》御百首（A百首）」

「又、百首（B百首）」

「正治《しょうじ》百首（C百首）」

の三つの百首歌と、それ以外の拾遺とも言うべき

「雖入勅撰不見家集歌《ちょくせんにいるといえどもかしゅうにみえざるうた》」

というものを合わせて、総計三百六十七首から成り、なかでもA・Bは習作的な色彩が強いのに対して、Cは晩年の成熟した歌風を見るべきものと評価されている。

そこでもう一つ、こんどは晩年の「正治百首」のなかから「うたた寝」の歌を見てみよう。

袖の上にかきねの梅はをとづれて
　枕にきゆるうたたねの夢

この歌には、本歌がある（式子内親王の歌にはたいてい本歌や本説があるのだけれ

ど）。すなわち、『後拾遺集』巻一春上に出ている、次の読人不知《よみひとしらず》の歌である。

わが宿の垣根の梅の移り香《が》に
　ひとり寝もせぬ心地こそすれ

この歌は「山里に住み侍りけるころ、梅の花をよめる」という詞書があるから、あくまでも梅を詠んだ春の歌で、恋の歌ではないのだが、しかしこれも、こんな山里の家で、独り寝ているると、垣根の梅の香りが馥郁《ふくいく》と薫りきて、それはあたかも恋しい人の袖に焚《た》き染《し》められた袖の香を彷彿とさせ、とうてい寂しい独り寝をしているような気がしない、という恋愛的なものを底にもつ歌である。

『源氏物語』でも、薫大将《かおるだいしょう》にしろ、匂宮《におうみや》にしろ、色好みの男は常に良い香りと共にやってくる。それがいわば「お約束」なのだ。

式子内親王の歌も百首歌のなかの春の部に収められていて、恋の部ではないけれど、この本歌の気分からみても、そこに恋の気分が揺曳《ようえい》していることは動かない。

「袖の上」「をとづれ」「枕」と、いずれもこれらは本質的に男女の逢瀬《おうせ》を連想させる恋愛語彙《ごい》である。その空想上の自分の袖の上に、おとずれて来たものがある。「垣根の梅の香」であった。それは、芬々《ふんぷん》たる香りをさせて通って来る男を思わせる。気分としては、薫が宇治の大君《おおいぎみ》・中君《なかのきみ》のところへ通ってきたところでも想像しておけばよい。

すなわち、たとえば『源氏物語』の「早蕨《さわらび》」、宇治の中君のもとへ薫がおとずれていった場面に、

「御前《おまへ》近き紅梅の、色も香もなつかしきに、……風のさと吹き入るるに花の香も客人《まらうと》の御匂ひも、橘《たちばな》ならねど、昔思ひ出でらるるつまなり」

ここ、『謹訳源氏物語』では次のように訳したところである。

「すぐ目前の庭に咲く紅梅、それはかつて亡き人が愛していた木であったけれど、……風が、さーっと吹き込んでくると、花の香も薫の身より出る芳香も、渾然となってあたりに匂い満ちる。これもまた、またかの『伊勢物語』に『五月《さつき》待つ花橘《はなたちばな》の香《か》をかげば昔の人の袖の香ぞする（五月を待つ時分の、花橘の香をかぐと、昔馴染《なじ》んだ人の袖の香がする）』と、昔男の嘆いたことが思い出されて、いまここに香っているのは花橘ではないけれど、同じように、昔の人……あの亡き姫君の思い出ぐさともなるのであった」

まずは、こんなところを思い合わせることができるかもしれない。

ある意味では、恋に恋していた内親王の心には、梅の香と袖の薫りとを渾然と匂わせて通って来るようなロマンティックな男君との逢瀬への憧憬があったのかもしれな

い。が、それは現実の恋愛である必要もなく、むしろ空想だからこそ至純であったとも言える。

うたた寝をしているわが袖に、垣根の梅の素晴らしい薫りがおとずれてくる。その芳香に打たれて目覚めるということ、これも『源氏物語』の「橋姫」に、薫が宇治の山里へ訪ねていく場面で、

「なほ忍びてと用意したまへるに、隠れなき御匂ひぞ、風に従ひて、主《ぬし》知らぬ香とおどろく寝覚めの家々ありける」

とて、人に知られてはまずいから、忍びに忍んで、音なども極力たてぬよう、そっと通ってくるのだが、薫の体から発するあまりにも素晴らしい匂いがあたりに漂いわたって、その聞きなれぬ芳香ゆえに山家の者どもが目覚めてしまう、という例がある。

こんな文学的な空想も、内親王の心に彷彿としているのであったろう。

かくして、袖の上に梅の芬々たる香がおとずれて、うたた寝の主を起すのだ。あ、良い香りのする人がやってきた、と思った刹那、その香に打たれて夢は覚め、甘い香のおとずれ人は、枕の上に忽然と消えてしまった……と、そういう名残惜しい気持ちが、ここには詠まれていると見るべきであろう。

発想がもとより空想的であるだけに、どこか茫洋《ぼうよう》としてつかみどころがないが、し

かし、夢のようにあえかな恋情を感じさせるという点で、私はこの歌など、とても素晴らしいと思うのである。

春のうたたね

もう少し、『正治百首』のなかから、式子内親王の歌の世界を覗いてみよう。

夢のうちもうつろふ花に風吹きて
しづ心《ごころ》なき春のうたたね

また夢の世界とうつつの世界とのあいだを行き来するような、ふんわりとした「うたた寝」の歌である。

この歌を読むと、すぐに思い浮かぶ名高い古歌がある。

やどりして春の山辺にねたる夜は
夢の内にも花ぞちりける
『古今集』春下、紀貫之

る。

この歌も、私の大好きな名吟で、貫之という人の、非凡で繊細な感覚がよく窺われる。

詞書は「山寺にまうでたりけるによめる」というので、その山寺がどこであるかは特定できないが、京の周辺の山のいずれかの寺であろう。音羽山の清水寺でも想像しておけばよいのかもしれない。

ともあれ、春のたけなわなる時分に、山寺へ参籠《さんろう》した、その夜さり……昼のほど、しきりに散る花を眺めては、ああこの満開の花もまたはかなく散りゆくかと嘆いた心が、そのまま夢になったか、夢のなかでもまた、花は絶えず散り続いていたというのである。

唯美的で、やや官能性すら感じられる名歌である。

山の寺の夜、漆黒の闇の中に寝ているのだが、ただその夢のなかでは、真っ白な桜花がさんさんと散り急ぐ、まことに艶麗な、黒と白イメージ対比の鮮やかさを、よくよく味わいたいものである。

式子内親王の歌は、私の考えでは、この貫之の歌が本歌になっているのではないかと思うのだが、貫之の歌よりももう少し艶めいたところが底流に隠されているように読める。

たとえば、

　うたたねに恋しき人を見てしより
　　夢てふ物は頼みそめてき
　　　　　　　　　　『古今集』恋二、小野小町

という歌なども、おそらくこの内親王の歌の背後にそっと隠されているように感じられる。

「うたた寝」というのは、寝るつもりでなく、起きているうちに、いつしかうとうととしてしまう眠りであって、しばしば恋の情調を伴って意識される。

それは何故か。

昔の恋は、待っている女の閨《ねや》に、恋しい男が通ってくるという形をしていた。……夜になると、もしかしたら恋しい人が通って来てくれるかもしれない、とそう思って女はいつまでも寝ずに待っている。けれども、男は来ぬままに夜は更け、ついそのまま居眠りをしてしまった……「うたた寝」の背後にはそういう現実があるからだ。

そもそも「うたた」という言葉は、なにかの状態が、だんだんと昂進《こうしん》していく、度合いがひどくなっていく、という意味の言葉であるから、本来のところを申せば、眠気がだんだんと募るままに、ふっと寝てしまった、それが「うたた寝」ということである。

恋しい男の来訪を待って待って、待ち通しているうち、ふと眠りに落ちてしまった……むろんそれは真夜中のことでなくてはならぬ。

そのうたた寝の夢に、待ちに待っていた恋人が通ってくるところがありありと見えたのだ。夢の逢瀬《おうせ》、というわけである。

現実では逢えない人に、こうして夢でなら逢える。そのことを知ってから、私は、夢というものを頼みにするようになりました、というのが小町の歌の大意である。

こんな歌が大いに喧伝《けんでん》されていたこともあって、うたた寝の夢と、恋の思いは、どこか無意識に重なって意識されていたところがある。

内親王の歌は、まず、「夢のうちもうつろふ花」と歌い出される。この「うつろふ」というのは、「うつる」を再活用させた動詞で、花の色が褪《あ》せてしまうことを言うのに使うことが多い。

「夢のうちも」の「も」に切実な意味があるので、夢のうちだったら、現実とは違って花の色がいつまでも褪せずにいてくれたらいいのに、という言外の情を仄めかしながら、「でも、私の夢のなかでは、夢なのにやっぱり色褪せてしまう花」と、そういう気分である。

女性にとって、容色のうつろうことは、もっとも悲しいことであった。それは今も昔も変わらない。

だから美しい花で女の若盛りの美しさを喩えるならば、それがうつろうことは、避けられないし、また悲しいのだ。ならば、せめて夢のなかでは……とそういう悲しい祈りのような感覚が、この表現にはそこはかとなく感じられる。

貫之の本歌《ほんか》では、桜の散華《さんげ》は、純粋に叙景であって、そこには恋の気分などは含まれていなかったが、内親王の歌では、うつろうという歌語を巧みに用いることによって、ほんのりと恋愛的な気分が漂うように仕掛けられているというべきであろう。

そしてその、はかなくも色褪せしてしまった、花の顔に、また追い討ちのように風が吹きつける。

もう盛りを過ぎた花は、ひとたまりもなく吹き散らされてゆく……そこには、おそらく内親王自身の命や容色の無常に対する、どうしようもない諦念《ていねん》が揺曳《ようえい》しているように思われる。

そして、だから「しづ心なき」思いに揺れているのだが、こういう表現の背後にはまた、あの「久方の光のどけき春の日にしづ心なく花の散るらむ」という『百人一首』

にも採られている紀友則《きのとものり》の歌が意識されていることはもちろんである。ただ、友則は、春の日は光はのどかなのに、桜花はたちまち散ってゆくのでのどかではない、つまり静心《しずごころ》なく花が散る……と、そういう対照に興味を寄せているのに対して、内親王の歌は、そんな興味はまったくなくて、本来もっと願ったとおりであってほしい夢のうちですら、花は色褪せ、そして散っていく、とそのままならぬ現実を嘆くことに主眼があるのである。

そうして、それが最後に「春のうたたね」であった、というところに着地する。

ここにおいて、うたた寝という言葉の持つ、恋愛的情趣がじんわりと効いてくる。「春のうたたね」という表現は、これも新しい詠み方である。

春は日永《ひなが》だから、夜は短い。

春の夜はあっという間に明けてくる、とそういう気分がある。

だから、恋人の来るのを待っているうちに、ついうたた寝をしても、そのうたた寝は長くは続かない。あっというまに朝が来るからだ。「しづ心なき春のうたたね」という表現のなかには、そういう含意もあるように読みなされる。

そのせわしない春のうたた寝にふさわしく、一瞬の夢のなかでさえ、恋人は待っても待っても来ることはなく、たちまちに花の色は褪せ、そしてあっという間に風に吹き散らされる。そのはかなさ。救いのなさ……。

そこをこの歌は読まなくてはいけない。

「しづ心なき」というのは、そういう意味で、落ち着かない、割り切れない思いが籠められているのであろう。

内親王の歌は、こういうふうに、ちょっと見ただけでは分からないところに、奥床しい底意《そこい》が秘められていて、なかなか隅に置けぬ。

この他にも「うたた寝」の歌はいくつかあるが、少し先を急ぐことにしよう。

夢の逢瀬

次に、「雖入勅撰不見家集歌」のなかから一首。

はかなしや枕さだめぬうたたねに
ほのかにまよふ夢の通路《かよひぢ》

この歌は、『千載和歌集《せんざいわかしゅう》』巻十一、恋歌一に出ている。詞書は、「百首歌よみ給ける時、恋ノ歌」となっている。

しかるに、現存する三つの百首歌には、この歌は出ていないのであるが、いずれにしても、百首歌という枠組みのなかで「恋」という題による題詠で詠まれた歌であることは明白である。

まず、いきなり「はかなしや」と歌い出される。「はかなし」という形容詞は、「はかがいく」「はかる」などの言葉と同じ根をもった語で、なにかこうはっきりと量ることのできない感じ、当てにならない曖昧な感じを言うのが本来である。そこから、たとえば、恋のようにもともと当てにならないもの、また人の命のような無常なものについて、もっともよく用いられるようになった。

ここでは、だからいきなり「はかなしや」と詠嘆することによって、何がはかないのだかは分からないけれど、曖昧な、頼りにならないという「思い」だけが、まず心に浮かんでくる。

こういう筆法は『新古今集』の時代の新しいスタイルなのであるが、ともあれ、そのはかなさが何であるか、というのを倒置的に叙していくわけである。

すると次に「枕さだめぬうたゝねに」と続く。

ちゃんと寝るときは、もちろん枕をここと定めて寝るのだが、うたた寝は、寝るつもりでなく座っているうちに、ふっと眠りに誘われてしまうわけだから、枕を定めることはできない。

ところで、「枕」というのは何か。

おそらくそれは「ま坐《くら》」であって、眠っている人の魂の宿るところ、というほどの意味であろう。もとよりそれは呪術的な物であって、魂が宿るからこそ、「歌枕」などという言葉も生まれ、死者は北枕《い》に寝かせたり、枕を踏んではいけないというタブーがあるやら、さまざまなところで特別視するわけであろう。

ともあれ、もし恋人と実際にはなかなか逢えないとすると、せめて夢で逢いたいと思う。それは恋人たちの切ない願いだ。

その時に、まくらに魂が宿るとするなら、ことは成り易い。夢は、睡眠中に魂が肉体《からだ》から遊離して、恋しい人のところへ通《かよ》って行く(夢の通路)ということを意味するのだから、相手がちゃんと閨に寝ていて、枕もそこと定まっていれば、魂の通って行く道も定まるというものだ。

そうして、通って来た魂は、やがてその枕に居所を見付けてゆっくりと夢中の逢瀬を愉しむことができるであろう。

ところが、はかないことに、枕も定めず……つまりちゃんと枕に寝たのではなくて、おそらく肘枕《ひじまくら》でもしてうたた寝をしたのであったとすると、せっかく通って来た恋人の魂は、宿るべき枕も見出せぬから、そこらをうろうろとせざるを得ぬ。

せめてもの夢の逢瀬が、だから、心ゆくまで結ばれることもなく、夢に出てきた恋人は、どこにやすらうこともできず、うろうろと迷ったあげく、それこそはかなく姿を消してしまったことであろう。

ああ、こんなことなら、当てにならないあの人の訪れなど待ってないで、ちゃんと枕を定めて閨に寝ればよかった……そうすれば、せめて夢の逢瀬では、心ゆくまで睦《むつ》みあうことができたに違いないのに。と、この歌の嘆きは、そこにこそある。

「ほのか」というのは、永続しないこと、チラッと見える、というような言葉なので、夢の逢瀬が、不確かにチラッとだけで終わったという意味である。

ああ、なんてことでしょう、生半可に待って起きていて、こんなうたた寝の夢になってしまったために、現実はおろか、夢でさえも、あの人はゆっくりと私を抱いてくれぬままにはかなく消えてしまった。

歌の冒頭の「はかなしや」という慨嘆は、じつにここを嘆いているのである。

今は「うたた寝」ということをキーワードに、式子内親王の歌の世界を瞥見《べっけん》してみた。この非凡な歌人は、かくのごとく、さりげない調子で、なかなか奥深いことを詠みわたった。

さらりと字面《じづら》を眺めただけでは摑みきれない底意、これを私はめでたいことと思う。そしてそれが、内親王の実体験とどの程度関わっていたか、そんなことはまずどうでもいいのである。

永福門院鏱子《えいふくもんいんしょうし》

文永八年（一二七一）～興国三年（一三四二）
鎌倉時代末期の歌人。太政大臣西園寺実兼《さいおんじさねかね》の娘。伏見天皇の中宮。伏見天皇退位にともない院号宣下をうけ、のちに出家。京極為兼《きょうごくためかね》に和歌を師事し、京極派の歌人として『玉葉和歌集』『風雅和歌集』などに多くの歌を残す。

トップレディの恋の歌

世は持明院《じみょういん》・大覚寺《だいかくじ》両統に分かれ、男どもが覇権を争うて右往左往していた時代、そういう俗塵をよそに、恋も結婚も依然として平安時代さながらの宮廷社会を背景に、清冽な和歌の世界に遊ぶ貴婦人があった。

永福門院という人である。

永福門院は、和泉式部や小式部内侍《こしきぶのないし》などの女房たちとはわけが違う。その出自《しゅつじ》は権門西園寺《さいおんじ》家の当主実兼《さねかね》の娘で、名は鏱子《しょうし》、長じて東宮熙仁《ひろひと》(伏見天皇)に入内《じゅだい》し中宮となった、つまり当時の押しも押されもせぬトップレディであった。

この人の和歌の師は京極為兼《きょうごくためかね》という人で、もともと伏見帝の東宮時代からの歌学の師であった。当時これと鋭く対立していたのは、二条家歌学の総師二条為世《にじょうためよ》であったが、もとより宮廷主流の保守派二条家流に対して、京極為兼は敢然と叛旗《はんき》を翻し、歌語の自由化、形式主義からの解放と唯心論的歌学理論をかかげて大いに気を吐いたのであった。

伏見天皇の践祚《せんそ》に伴って為兼は重用され、一時京極派は若い殿上人らの間に一定の勢力とはなったが、やはり主流は二条家流で、京極派はしょせん異端に過ぎなかった。

そのなかにもしかし、永福門院の歌人としての才能は、じっさい刮目《かつもく》に値するもので、もしこの人の家集が編まれていたら、さぞ楽しいものになったろうと思うのだが、残念ながら家集はなく、ただ『玉葉和歌集《ぎょくようわかしゅう》』などに夥《おびただ》しい歌が採られているほかには、『永福門院百番御自歌合《えいふくもんいんひゃくばんおんじかあわせ》』という作品が伝えられているに過ぎない。百番の歌合の左右とも永福門院の自詠なので、合計二百首がそこに残されているわけである。

この歌合の歌どもを読むと、なんと清々《すがすが》しい、そしてなんと新しくて刺激的な歌が並んでいることか、この時代の歌集として、もっとも面白いものの一つだが、それだけに、守旧派二条家流の歌人たちからは、破天荒《はてんこう》・奇矯《ききょう》と評せられたものに違いない。

この人の歌は、四季の叙景歌を見ても、その感覚が新鮮で、ちょっと近代和歌のような切れ味が感じられる。

もちろんそれなりに技巧はあるにしても、それ以上に、素直な表現によって、読む人の心に抵抗なく受け入れられるところが際立って見えるのである。

夕立の雲も残らず空晴れて
　すだれをのぼる宵の月影

これは「夏の月」を詠んだ第二十六番の左に当たる。

読んで分からぬところはどこにもあるまい。すんなりとそのまま理解して感じればいいのである。

夏の夕方に、沛然《はいぜん》として夕立が降った。

おそらく、そのとき寝殿の内外《うちと》を分ける御簾《みす》を揺らして、涼しい夕風も通《かよ》ったことと思われる。

歌の視線は、この場合、比較的端近《はしぢか》なところにあって、雨音の通い、簾を動かす夕風、そして懐かしい雨の匂い、などを感じている風情である。

表現として新しいのは、「すだれをのぼる」というところだ。

見る見る夕立は止んで、雲は、夏の日暮れ空を翔《か》けり去り、群青色《ぐんじょういろ》の薄暮《はくぼ》の空があらわれて、やがてそこに宵の月がさし上ってくる。

ここに時間の経過があるのだ。

作者の目は、夕立から月の出までの……時間にして一時間くらいの経過を、ずっと外を眺めているという心に違いない。

すると、やがてすっかり空が晴れて、月の顔が簾の下のほうから、だんだんと上に向かって昇っていくのが見えた。その静かに昇ってゆく月影を「すだれをのぼる」と表現したのは、いかにも新しい。

夫伏見院にも、

秋の夜の寝覚の窓やふけぬらん
　すだれをのぼる有明の月

という御詠があるが、さやかな夏の月とすだれ、という取り合わせの永福門院の歌には一籌《いっちゅう》を輸《ゆ》するものと評さねばなるまい。

虚構の恋

中宮ともあろう方が恋の歌なんか詠んでもいいのだろうか、と思う人があるかもしれないが、中宮も天皇も、近代以前はみな盛大に恋の歌を詠まれた。もともと古代の朝廷では、天皇も、妻問いをされることが一つの政治的手段でもあり、鎮魂呪術でもあったのだ。

しかし、平安朝になるとそういう民俗的な意味は薄れ、むしろ宮廷貴族社会のサロン的歌壇を場に持つ、虚構的創造としての和歌が主流となってくる。

題詠、百首歌、屏風歌、みなそういう創作の形である。そうして、虚構だから、どんなに生々しい恋だって歌うことができたのだ。

それが日本の和歌世界の、もっとも美しい楽しい伝統であった。

第六十七番の左

何となく今宵さへこそ待《また》れけれ
あかぬきのふの心ならひに

この歌は『風雅和歌集《ふうがわかしゅう》』に採られていて、「待恋《まつこい》の心を」と詞書《ことばがき》されているので、「待恋」が歌題だったのであろう。

この歌の肝心は「何となく今宵さへこそ」というところにある。「あかぬきのふ」というのはつまり、つい昨夜は、恋しい男が通ってきてくれて、暁まで睦みあっていた。けれども、女の心は常に満たされない。男が帰っていってしまうからである。男に対する愛情が深ければ深いほど、恋の時間は、つねに「飽かず」つまり「不十分で満たされない気持ち」という情調に彩られる。

もっと一緒にいたい、もっと抱いていてほしい。でも男は帰っていくのが当然なのだ。

そして帰ってしまったら、また次にいつ来てくれるか、それはまったく当てになりはしない。

それでもなお、女は何の根拠もなく、「今宵さへこそ」と思う。

「さへ」は、「添へ」から出たかと考えられる副助詞で、既存のものごとの上にもう一つなにかを添える作用。「その上……までも」というほどの意味である。

だから、ここは、「昨日の夜も逢ったのに、その上今宵までも！」という気持ちである。

そんな期待には何の根拠もないので「何となく」そう思ってしまった、というのだ。

昨日の夜は通って来てくれた恋しい人と飽かぬ後朝《きぬぎぬ》の別れをしたけれど、ああやって昨日だって逢えたんだから、ついなんとなく、心のなかで、また今宵も来てくれると思って待ってしまっている自分がいる……と、そういう思いなのだ。

これも複雑でエロティックで、ため息の出るほどの新鮮な歌いぶりである。

第七十三番の左
よはの残り契《ちぎる》かたやの疑ひに

まだ深しともえこそいはれね

おそらくこの七十三番の番《つが》いは「後朝恋《きぬぎぬのこい》」とでもいう心であろう。

男は、やってきてくれた。

しかし、まだ暁までにはだいぶ時間もあるというのに、早くも帰っていこうとしている。

そこで、女の心に疑団《ぎだん》がやどる。

〈……まだ夜は半ば、ほんとうに私を愛しいと思ってくださるなら、暁になっても、曙になっても、ずっと抱いていて名残を惜しんでくださるはず……なのにこんな夜半《よわ》時分に、早くも帰り支度をするなんて、もしやこのあと、どこか別の女の所へ行く約束をしているのではあるまいか〉

と、こんなことを鬱々《うつうつ》と思っている女心は複雑で、ひとたびそういう疑いが蠢動《しゅんどう》しはじめると、そのことに心が囚われてしまって、「まだ暁まではだいぶ時間があるのだから、帰らないで」という、その一言が言えなくなってしまう。

〈……それを言えば、心の狭い焼きもち焼きの女だと思われて、疎ましく思われるかもしれない。せっかく忙しいところを来てくださったのに、そんな恨みごとを言って

帰したくはない。でも、もう少し居て欲しい……〉

女の心はそのように、と揺れこう揺れしたことであろう。

それですっかり自縄自縛《じじょうじばく》になって、恨むこともできず、甘えることもできず、なんだか気まずいままに、男は蒼惶《そうこう》と引き揚げていってしまった。

ああ、せっかく来てくれたのに、なにもならなかった。

もしかしたら、男は女のところへ通って来ながら、閨《ねや》で契りを交わすこともなく、ただ語らった程度で、急いで帰っていったのかもしれない……。その後朝の閨怨《けいえん》を、女は悲しく反芻《はんすう》している……とまあ、そんなことを歌っているのであろう。

しかるに皇后陛下に准ずるのが中宮だから、こんな官能的な歌を露骨に歌ってしまってていいのだろうか、などというのは近代人の余計な心配である。歌の世界は、どんな官能も、どんな裏切りも、みな「あり」であった。しょせん、虚構の世界なのだから、なんの差し障《さわ》りもないのである。

それにしても、実に複雑な状況を、見事に歌い取ったものである。こういう詠じかたの全体がいかにも新しい。

第八十二番の左

契《ちぎり》けりまちけり哀其時《あはれそのとき》の
ことの葉残る水茎《みづぐき》のあと

ここは、右の歌が

うかりしも哀《あはれ》なりしもあらぬ世の
今になりてはみなぞ恋しき

というのだから、この一番《ひとつが》いは「絶えぬる恋」などの題であったかと思われる。まずは「契けり・まちけり」と詠嘆の「けり」を重ねた、この直叙的な表現が新しい。

昔、日本人の恋には、一定の形があったことは、すでに述べた。

要するに、男は夜になるとどこかから通ってきて、女はそれを待っている。そしてやっと来てくれた男を閨に招き入れて、男女は恋の悦び、官能の喜悦に一時を忘れる……と、これが恋であった。

そして喜悦の時が過ぎれば、男は朝になる前に帰っていく、それが後朝《きぬぎぬ》の別れだが、その後、男は、自邸に帰り着くや否や、「後朝の文《ふみ》」というものを書くのが、情けあるしこなしなのであった。そのことを怠れば、冷酷な男、情知らずの朴念仁《ぼくねんじん》の汚名を女達から投げつけられることを覚悟しなくてはならぬ。

そうして、男が名残惜しく払暁《ふつぎょう》の道を帰っていった途端に、女はまた次の逢瀬を「待つ」ほかはないのである。

まず「契りけり」という。あの夜、あの方は通って来てくださって、そして私たちは嬉しい契りを交わした。「契る」は、約束することだが、ただ口先で約束することではない。肉体の悦びを介在させて、その閨で未来永劫までもと約束する、それが恋の契りというものなのだ。

そして「まちけり」という。それからは、すぐにあの方のまたのお通いを待って、待って……そんな恋だったというのだが……。

おそらくその契りを交わした朝《あした》に、男からさっそく届けられた後朝の文が残っていて……しかし、それももう、はるかな昔の恋。この恋が、はかなくも絶えてしまって、何年もの月日が流れて、いまその水茎《みずぐき》の跡もうるわしい文面を見ると、嗚呼《ああ》、あの夜の契り、そして悲しく待った日々などが……文面には「またすぐに逢いに行くから、待っていておくれ」とでも書いてあったのであろう……それからそれへと思い出されて、もはや絶えてしまった昔の恋なのに、また女は悲しい追憶に袖を濡らしでもしたのであろうか。

この男女の閨の、肌のぬくもりや匂いまでも感じられそうな、生々しい表現は、いっそ近代的と批評してもよろしかろうと思われる。

これらを概観して言えることは、つまりこの永福門院鏱子という中宮さまは、生まれてくるのが七百年ばかり早すぎた。

このセンス、この教養、この言葉の力を以て、明治の世にでも生まれ出でられたなら、一世の大閨秀《けいしゅう》歌人の名をほしいままにしたことであろうと、そこがまことに惜しまれるのである……いやいや、近代の皇室では、こんな奔放は恋歌などは禁忌とされてしまったのだから、むしろこの時代に生まれてきてよかったというものかもしれない。

『百人一首』に選ばれた女うたのなかから

平安朝の女房たちが詠んだ名歌はかずかず多いのであるが、まずは、かの藤原定家が選んだという伝承のある『百人一首』のなかから、人口《じんこう》に膾炙《かいしゃ》した名歌を少しばかり読んでみることにしよう。

伊勢

難波潟短き蘆のふしの間も
あはでこのよを過ぐしてよとや

『百人一首』の第十九に掲げられた歌で、作者は伊勢。

伊勢は『古今和歌集』時代の有力な女性歌人であったが、ただこの歌は、なぜか『古今和歌集』以下『千載和歌集』までの七つの勅撰集には採られず、鎌倉時代の第八勅撰集『新古今和歌集』になって、はじめて採用された。それがなぜであるかはもとよりわからないが、たぶん『新古今』の撰者の一人であった藤原定家の評価するところが高かったのであろう。

この人は伊勢守藤原継蔭《つぐかげ》の娘で、ために女房としての名は伊勢と呼ばれた。宇多天皇の中宮温子《おんし》に仕えるあいだに、その中宮の兄弟である藤原仲平《なかひら》の恋の相手となり、仲平とのあいだに幾多の恋歌の贈答を残している。しかし、仲平は太政大臣の子息であるから、一女房にすぎない伊勢を正妻とする筈もなく、やがて大将家（大臣家という説もある）の婿となった。これによって、伊勢はすくなからず心屈《こころくっ》するところがあったのであろう、一時里下がりをしていたところ、また温子中宮に呼ばれて再度の宮仕えをしたらしい。この間、仲平の兄時平とも恋歌のやりとりをしているから、そこにも恋のいきさつがあったものと見える。後に宇多天皇の寵愛を受けて皇子を産み、伊勢御《いせのご》もしくは伊勢御息所《みやすどころ》と呼ばれるようになったが、その皇子は早世して、詳しい没年や名前などは伝わっていない。しかし、後にはまた、宇多天皇の第四皇子敦慶《あつよし》親王の寵愛を受けて女の子中務《なかづかさ》を産みもした。こうした閲歴を見ても、この人が、女性として並々ならぬ魅力を具えた人であったことが想像される。

さて、この歌は、そういうわけで、『新古今和歌集』と『百人一首』によって、広く世に知られるようになったが、どういう経緯で、誰に対して詠まれたものであるかは、よくわからない。なにしろ、『新古今和歌集』でも「題知らず」となっているので、その詠まれた事情ははっきりしていないというほかはないのである。ただし、後述のとおり、『伊勢集』の一本には、漠然とした詞書が書かれているのだが、具体的なことはなにも述べていないに等しいのである。

ともあれ、この歌のどこが、とくに定家をして之を評価せしめた所以《ゆえん》なのであろうか。詠まれた事情はちょっと置いておいて、歌そのものをよく読んでみることにしよう。

冒頭まず、「難波潟　短き蘆の……」と歌い出される。

このとき、それを聴いた人の胸中には、難波の浦の蘆が生い茂った浅瀬の景色が思い浮かぶことであろう。「潟」というのだから、潮が引けばいわゆる干潟になるような、そういう場所である。

そこに蘆が茂っていて潮風にサワサワと葉音を立てている……というような情景を感じるかもしれぬ。当然それは、人けもなく寂寞《せきばく》たる景色であったに違いない。

こんな寂寥感溢れる浦辺の景色を想像させておいて、歌は「短き蘆のふしの間も」というふうに、視点を絞ってゆく。ただ茫漠たる浦辺の景色から、カメラはぐっとズームアップして、その蘆の茎の節《ふし》と節の間《あいだ》の短さに注目していくのである。

恋しい男は、なかなか通って来てくれない。

女はその男に逢いたい……つまりは一夜を共寝して優しく抱いてほしいと、じりじりする思いで待っている……かかるところをまず想像したい。

そこへおそらく男から「今しばらくは逢えないので、もうちょっとだけ（つまり短いあいだだけだから）待っていてほしい」という文でも届いたのであろうか。ここにおいて、寂しい空閨《くうけい》をかこちつつ、女は堪え難い孤独を感じたことであろう。もしや、男の気持は、もう自分から離れて、他の女のところへ移ってしまったのではあるまいか、そんなことも想像して、不愉快と寂しさに女のこころは痛む。もしかすると、その「待っていてほしい」と言ってきた男の手紙に、難波潟を引き事にする歌など書かれていたのかもしれない。

人の気配もない、蘆の葉風ばかりの難波潟のような、寂しい境遇の私に向かって、その蘆の節と節の間《ま》（それを「よ」と言った）のように短い間《あいだ》だとしても、ただあなたに逢わずに我慢して待っていなさいというのですか、と単刀直入に訴えている形である。「このよを」の「よ」は、その節間《ふしのま》の意味の「よ」に「世」という言葉をかけている。そうして「世」というのは、恋の歌や物語の世界では、「男女の関係」を言う言葉であったことにも、ちょっと注意しておきたい。恋の歌としては、強い感情が表に出ていて、こんな歌を書きつけた返事を貰った男は、さぞ「うーむ」と唸ったことであろう。なにも昔の女は、だまって男の身勝手に堪えていたのでもない。ときには、こういう鋭い言葉の矢を放って、男の心に突き刺したことであろう。

ただし、この歌の解釈として、「このよを過ぐしてよ」というのを、「このまま一生過ごせというのですか」というふうに説く注釈もあるのだが、そこまで言うとちょっと大げさに過ぎる感がある。

なお、この歌、『伊勢集』西本願寺本などには、「なにはがた　みじかきあしの　ふしごとに　あはでこのよを　すぐしてよとや」という形で出ているのだが、この「ふしごとに」では、意味がはっきりしないので、ここはやはり「ふしの間も」とする『新古今和歌集』の形にしたがっておくのが妥当であろうと思われる。

ところで、ここでちょっと考えておかなくてはいけないのは、この歌、たしかに男から何かの事由によって逢うはずのところ逢いに行けなくなった、などという意味の歌が到来して、それに対する反駁的返歌と見るのが当然だと思うのだが、その男からの歌は伝わっていない。これについて、天理図書館に所蔵されている鎌倉期写本の『伊勢集』には、詞書らしいものが付記されている。じつはこの歌、この天理の写本では、なぜか同じ歌が二ヵ所に書かれている。

まず第三十七丁表には、「秋ころうたて人の物いひけるに」という詞書のもとに、

しるといへばまくらだにせでねし物を
　ちりならぬなのそらにたつらむ
みよしのの山のした水さむからじ
　いはせのかはもなみたかく見ゆ
なにはかたみじかきあしのふしのまも
　あはでこのよをすぐしてよとや
おきつもをとらでややまむほのぼのと
　ふなでしこともなににによりてか

と、四首まとめて書かれている。ここにまず一回。

もう一ヶ所は、特に詞書など無しに列記されている歌のグループの中、第八十一丁表にも重複して書かれている。そして、前者には「新」、後者には「勅」という注記がつけられている。これはそれぞれ『新古今和歌集』『新勅選和歌集』の略号である。

それはともかく、この「秋ころうたて人《びと》の物いひけるに」という詞書が、この歌の成立事情をかすかに物語っているけれども、「うたて人」というのは、なにかこう厭

わしく思っている人、というほどの意味だから具体的には誰ともわからないのだが、ともあれ、恋もやや冷めかかっている頃に、男がなにやら冷淡なことを言ってよこしたのであろう。それに対しての、手厳しい反駁の歌というふうに見ると、この強い語調は納得がいく。

しかしながら、『伊勢集』という私家集は、上記の重出のようなことからも推量されるように、かなり錯綜した本文を持ったもので、そのなかには、後の世に付け加えられた歌なども相当に混じっているらしく、『伊勢集全釈』（関根慶子・山下道代共著）は「伊勢の代表作のように見られている歌だが、本集ではこのように混入歌群の中にあり、作者は不明である」と結論づけている。

だからといってしかし、伊勢の歌ではないと断定する証拠もない。上記の天理図書館蔵本『伊勢集』という鎌倉時代の写本は、部分的に定家自身も筆写者として参加している本であるから、少なくとも定家は、伊勢の歌の一つとして読んでいたことは疑いがない。それで、このピシリと男に一矢を報いたような歌の勢いを佳《よ》しと見たのでもあろうか。

いや、そもそも、平安朝の女性たちの歌というのは、伊勢に限らず、なにか男から恋心を歌いかけられたのに対して、多くはその男の歌の揚げ足を取るようにして反駁したり、拒否したりするのがごく当たり前の筆法だったのである。それが女の矜持の示しようであったと言ってもよい。つまりは、当時の恋は、そういうふうにして、男が真心らしく恋を歌いかけてくる、それを女は揚げ足取りをするように一応反駁して男をやりこめる、という「かたち」をしていたのである。しかもそれをいかに雅びやかに、風情ゆたかにやり返すかというところに女性歌人たちの手腕が認められたわけだから、この歌などはそのすぐれた一典型と、定家は見たのでもあったろう。しかも『伊勢集』では、伊勢はたしかにこのように男をやりこめるような「返し歌」を多く詠んでいるので、これを定家が伊勢の詠歌と読んでも、不自然な感じは少しもなかったのであろう。

右大将道綱母《うだいしょうみちつなのはは》

嘆きつつひとり寝《ぬ》る夜の明くる間《ま》は
いかに久しきものとかは知る

同じく『百人一首』第五十三番の歌である。この歌は、『蜻蛉日記《かげろうのにっき》』に出てくる有名な歌で、その前後の事情は、それによって明々白々に知れる。ちょっと、『蜻蛉日記』の当該部分を、試みに口語訳してみよう。

さて、九月のころになって、夫兼家《かねいえ》が出かけたあとで見てみると、なにやら箱が置いてある。ほんの手すさびのつもりで開けてみると、どこかの誰かに送ろうとしていた手紙が入っている。呆れ返って、こうなれば「見ましたぞよ」ということだけでも夫に知らせてやろうと思って、そこに一首の歌を書きつけてやった。

うたがはしほかにわたせる文みれば
　ここやとだえにならんとすらん

（「疑はし、い」という橋ではありませぬが、どこかあらぬところへ渡すらしい手紙を読んでみれば、こちらの古い橋はやがては朽ちて途絶えてしまう運命だということでしょうか）

と、こんなことを思っていたところ、果して、十月の末ころになって、三晩もつづけて姿を見せぬときがあった。それでも、夫の真意を見てやろうと思って、知らぬふりをして、しばし彼の心を観察していたところ、（ここに一部欠文あるか）というような様子があった。

「いや、これから夕方ころに、内裏のほうによんどころない用事があってなあ」

などと言いながら出かけていく。怪しいと思って、人に後をつけさせてみると、

「あの町の小路の、しかじかの所に、どうやらお入りになりました」

と報告があった。

「やっぱり、そんなことだと思った」

と、はなはだいやな気持になったが、それをどう言い出そうかと迷っているうちに、それから二三日して、暁のころに、夫が門を敲《たた》く時があった。さてこそと思うから、腹が立って門は開けさせずにいたところ、夫はまた例の町の小路あたりの家と思われるところに行ってしまった。

その夜が明けてから、このままには捨ておくまいぞと思って、

嘆きつつひとりぬる夜のあくるまは
　いかにひさしきものとかはしる

(嘆きながらひとりで寝る夜が明けるまでの時間はどんなにじりじりと長く感じられるか、おわかりになったでしょうか)

と、こんな歌を詠んで、常よりはぐっと紙も文字も格調高く書いて、すっかり霜に

当たって色の変わった菊に挿しておいた。

じつに面白い、有名な場面で、この歌の作者のズバッと男に斬り付けるような心構えがよくわかる歌である。

作者は、陸奥守藤原倫寧《ともやす》の娘で、藤原兼家と結婚し、翌年道綱を産んだ。じつは兼家はなかなか色好みなる男で、この道綱母もまた側室にすぎず、正妻は別にあった。そのためもともと不安定な身分であったところへ、またどこの馬の骨ともしれぬ、町の小路の女という怪しげな女を作ってこそこそ通っていくというていたらくである。道綱母の憤激、まさに推して知るべしだが、なおこの歌は『拾遺和歌集』に採られていて、そこには、こんな詞書がついている。

「入道摂政まかりたりけるに、門を遅く開けければ、立ちわづらひぬと言ひ入れて侍りければ」と。

つまり、これによると、兼家は門を敲いても、なかなか開けてもらえなかった。なかではきっと道綱母がプンプンとしていたのであろう。兼家も腹立って、外から「もう立って待ちくたびれたぞ」と文句を言ってよこしたのだ。そこで、女はこの歌を詠んで兼家をギャフンと言わせた、ということなのであろう。状況としては、どうもこちらのほうが面白い。

この夜遅くに通って来て、道綱母に締め出される兼家……おやどこかで見たことがありそうな、という気がするのだが、たとえば、『源氏物語』の「若菜・上」で、朱雀院から押し付けられた女三宮の閨へ源氏は儀礼的に三夜通っていく。対の君という側室扱いに格下げされた紫上は、その三夜目の暁に、源氏の夢まくらに立つ。慌てた源氏は、いそぎ紫上のもとへ戻ってくるのだが、そのとき対の戸はきっちりと施錠されて開けてもらえなかった。雪催《もよ》いの凍えるような暁に、それでも源氏は根気よく外で漢詩など朗吟しながら待っていた……という場面、そこにちょっとした共通性を感じるところがある。当時は、こんな風景も実際にいくらもあったのかもしれない。平安時代の女は、これでけっこう強いのである。

赤染衛門《あかぞめえもん》

やすらはで寝なましものを
　小夜更けてかたぶくまでの月を見しかな

『百人一首』第五十九番の歌。

これまたなかなかピリッと皮肉をきかせた歌である。

赤染衛門は赤染時用《ときもち》という人の娘で、この父が右衛門府の官人であったのにちなんで、このように呼ばれる。当時としては非常に長生きをした人だったらしい。藤原道長の妻の倫子《りんし》に女房として仕え、その縁で、倫子の娘である上東門院彰子《じょうとうもんいんしょうし》にも出仕した。まさに紫式部のいた内裏の同時代人であったわけである。そうして大江匡衡《まさひら》の妻として、挙周《たかちか》、江侍従《ごうじじゅう》らの子を産んだ。この人は『栄花物語』の成立に深く関わった人であろうと推測されているが、要するに当時の宮中では紫式部や和泉式部、あるいは清少納言などと並んで、屈指の女性文人であった。

この歌は、『赤染衛門集』の第四番として出ている歌で、「おなじ人、たのめておはせずなりにしつとめて奉れる」という詞書がついている。ここで「おなじ人」と言っているのは、その前の第三番の歌に、

中関白殿《なかの》、蔵人の少将と聞えしころ、はらからのもとにおはして、「内の御物忌にこもるなり。月の入らぬさきに」とて出で給ひにしのちも、月ののどかにありしかば、つとめてたてまつれりしにかはりて

入りぬとて人のいそぎし月影は
　出でてののちも久しくぞ見し

として出ている「中関白殿」という人で、すなわち藤原道隆のことである。
中関白藤原道隆殿を、まだ蔵人の少将と申し上げていた頃、私の妹のところへお出でになって、「内裏での御物忌みに籠らなくてはなりません。それでは、月が西の山に入ってしまわぬうちに」とか言って、出ていっておしまいになった後も、月はのんびりと照っていたので、翌朝御手紙を差し上げた妹に代わって（詠んだ歌）、「月が山の端に入ってしまう、と言ってあなたが急いでお帰りになってしまわれた後も、その月の光をずいぶんながいこと見ていましたこと」

この男が出ていく口実が、『蜻蛉日記』の兼家のそれと共通しているのも面白いが、つまり、物忌みというのは、なにか吉凶判断のよからぬことがあったとき、その凶事を避けるために清浄なる謹慎生活をすることで、宮中では特に重い意味があったのだ。その物忌みというような「のっぴきならない用事」を言い訳にして、そそくさと帰っていった少将道隆に対して、せいぜい皮肉を込めて、「月の入らぬさきに」と仰せでしたが、その月はその後もずいぶん長いこと空に皓々と輝いていましたけれどねえ、と言ってやったのである。その「物忌み」というのが、おそらくは他の女のところへ行くための口実でもあったろうかと推量しているようなくちぶりである。

そして、そんな一本打ち込んだような歌に続いて、この「やすらはで」の歌が出てくる。

しかも詞書は、「たのめておはせずなりにしつとめて奉れる」である。

この「たのめて」というのは、「必ず来てくれると、私があてにしてしまうようなことを言って」というほどの意味で、不実な男が、口先ばかりうまいことをいって、それで女がすっかりそれを当てにして待っていると、やっぱり来なかった、というようなのを「頼めて来ず」というのである。

少将道隆は、この時分の貴族たちの常として、色好みなる男で、正室高内侍《こうのないし》（高階貴子《たかしなのきし》）との間に中宮定子《ていし》（清少納言が仕えた中宮）・伊周《これちか》・隆家《たかいえ》らの子があったが、正室・側室のほかにも、馬内侍《うまのないし》、赤染衛門の妹などとも恋の通いがあったらしい。そういう色好みの殿御の道隆に対して、赤染衛門が妹になりかわって一本打ち込んだというところである。おそらくこの妹は、赤染衛門ほどには歌の手腕がなかったのでもあろうか。

さて、この歌の言いたいことは次のような心である。

同じ人、すなわち色好みの道隆が、かならずいついつの夜には行くから、といかにも当てにしてもよさそうなことを言ってきたので、こんどはほんとうに来るかと思って待っていたのだが、やはりやはり、結局男は来なかった。そこで女は「もう来るか」「そろそろ来るか」「いくらなんでももう来てもよさそうなもの……」と、やきもきしながら待っていた。けれども、いつものことながら、結局口先ばかりで、男は来なかった。「つとめて」というのは、すっかり明るくなってしまった朝の時間だから、こうなったら、まかりまちがっても男は来ない。あーあ、とため息をついたか、憤慨の涙でもこぼしたか……、そんな妹になりかわって、赤染衛門が詠んで道隆に差し出したのがこの歌であった。

「こんなことになるなら、もうお出でになるか、もうお出でになるかと思って、寝るのをためらってなどいないで、さっさと寝てしまえばよかったものを、結局待ちぼうけで、すっかり夜が更けて、宵方から西の山の端に傾いてしまうまでの月をすっかり見てしまったことです、やれやれ」

こういうふうに、男の心にチクチクと刺さるような皮肉を弄して、しかし、まるっきり憎々しく言い募るでもなく、月を景物に使いながら、しかもちょっと可愛げのある口調で、来なかった男を誹《そし》っている。誹りながら甘えてもいる。男は、やれまたこんなことを言ってきたぞ、と思いながら、どこか憎めない女の心を愛すべきものに感じたかもしれない。

平安時代の男と女は、いつもこういうすれ違いを演じながら、それでも不思議に寛容な愛を交わしあったのである。

貞心尼《ていしんに》

寛政十年（一七九八）～明治五年（一八七二）
江戸時代後期から明治初期にかけての歌人。名は奥村ます。長岡藩士奥村五兵衛の娘。長岡城に御殿奉公したのち、漢方医の関長温《せきちょうおん》と結婚、のち離縁。二十五歳で出家。晩年の良寛に入門。良寛との贈答歌は『はちすの露』に収められている。

美貌の尼

さて本章では、江戸時代後期から幕末明治初期にかけての人、尼僧《にそう》貞心の歌を読んでみる。

貞心は、良寛の最期を看取《みと》った美しい女人であった。

この人は、長岡藩士奥村五兵衛という人の次女で、俗名《ぞくみょう》は「ます」と言った。長じて関長温《せきちょうおん》という漢方医に嫁《とつ》ぎ、詳しいことは分からないのだが、二十代の半ばで離別し、一旦郷里へ戻ったらしい（一説には死別したとも言うが……）。やがて柏崎に出て、閻王寺《えんのうじ》という尼僧院に於て得度《とくど》薙髪《ちはつ》したと伝える。貞心はその法名。明治五年没、享年七十五。

二人があいまみえたのは、良寛が七十歳、貞心が三十歳の砌《みぎり》というから、二人の間には、じつに四十歳という歳のへだたりがあったのである。

相馬御風《そうまぎょふう》の『貞心と千代と蓮月《れんげつ》』（昭和五年刊）には、貞心の弟子であった高野智《たかのち》譲尼《じょうに》という人が晩年に語った彼女の面影が伝えられている。

「わしらが庵主《あんじゅ》さんほど器量のえい尼さんは、わしは此の年になるまで見たことがありませんのう……何でもそれは目の凜《りん》とした、中肉中背の、色の白い、品のえい方でした。わしの初めておそばに来たのは庵主さんの六十二の年の五月十四日のことでしたが、そんなお年頃でさへあんなに美しくお見えなさったのだもの、お若い時分はどんなにお綺麗だったやら……」

こういう絶世の美女であった人が、しかも若くして尼姿になっている、そこを想像すると、どんなに蠱惑的《こわくてき》であったか思い半ばに過ぐるものがある。

これも御風の書に、

「師匠の命令で山へ薪採《たきぎ》りに行ったりすると、村の人達が目をそばだててこそこそ何かささやき合ったりしてかなりうるさかったといふ話である」

とあるから、この若く美形の尼は、男たちの悩ましい関心の的であったことは想像に難《かた》くない。

しかし、貞心は、その名のとおり貞淑な人であったと見えて、長岡に近い在所の福《ふく》島《じま》という処の閻魔堂《えんまどう》に独り住《じゅう》して心を澄ましていた。そうして、仏道への帰依《きえ》もさることながら、幼少時から読書文学に心を潜《ひそ》めていた心の癖から、当時島崎村の木村邸内の小庵に住していた歌僧良寛に憧れて、会いに行ったものであるらしい。

そうして、これ以後、良寛の遷化《せんげ》に至るまで二人の交情は続き、親しく取り交わされた和歌の贈答は貞心の手で纏《まと》められて『はちすの露』（天保六年序）という和歌集のなかに収められている。

さめやらぬ夢

さてその、初めてあいまみえた時に、貞心は、なんと言ったか。

君にかくあひ見ることのうれしさも
まださめやらぬ夢かとぞ思ふ　貞心尼

もう老僧と言うべき七十歳の良寛は、美しい貞心から、このように詠み掛けられて、どんな感慨を持ったであろうか。

いかに道心堅固《どうしんけんご》なる禅僧良寛といえども、しょせんは生身の人間である。心が動かなかったはずはあるまい。すぐにこう歌を返している。

夢の世にかつまどろみて夢をまた

語るも夢もそれがまにまに　師

「お師匠さまに初めてお目見えをして、その飛び上がるような嬉しさは、まるでまだ覚め切らぬ夢の続きを見ているようです」と言われたのに対して、良寛の答えはこうだ。

「しょせん目前の世はすべて夢のようなもの、在ると思えば無く、無いと思えば在る、そんな夢のなかで、またまどろんで夢を見たなどと、そなたは物語るが、いずれ空《くう》のまた空、どうなとそなたの思いのままに……」

というようなことを言っているので、すべての存在を夢と見なす老荘思想と、万物《ばんぶつ》は空と観《かん》ずる仏教的世界観をここに持ち出して、いくらか尼僧の思いに水を掛けているような気味がある……が、どうもそれは、良寛の心に立ち初《そ》めたさざ波を、こんな形で韜晦《とうかい》しているように、私には思える。

もっと素直に、ああよくおいでなされたと、おっとり答えればいいものを、わざわざ小難しい思想を持ち出してまで応対したのは、畢竟《ひっきょう》、良寛が己《おのれ》の心の置き所に惑うてのことではなかったか。

それから、二人は夜も更けわたるまで語り合ったのであるらしい。

おそらく、その心の熱さは貞心のほうがまさり、良寛はまだいくらか彼女の情熱に押されて困惑しているところがあったのであろうか、こんな歌を詠んだ。

白妙《しろたへ》の衣手《ころもて》寒し
秋の夜《よ》の月中空《なかぞら》に澄みわたるかも　師

ちょっと万葉風の調べの歌だけれど、言う心は、

「もうずいぶん夜も更けて、なんだか、白妙の衣の袖口が寒くなりました。見れば、ほらああして、秋の夜の月が中空に皓々《こうこう》と澄み渡っているではありませぬか……さあ、もうお帰りください」

とでもいうところであろう。こういうふうに、厳《いか》めしく構えて尼の心を宥《なだ》めるような良寛の歌いぶりのなかに、すなわち、彼の心の揺らめきが感じられる。

それは、私も一人の生身の男として実によく分かる。ここまで熱い言葉で迫られては、良寛もさすがにたじろいだところがあったのでもあろう。

するとそれに貞心はなんと答えたか。

向かひゐて千代も八千代も見てしがな
　空行く月のこと問はずとも　貞心

詞書《ことばがき》に「されどなほ飽《あ》かぬ心地《ここち》して」とある。

良寛はもうこのくらいにしようと思って、月にこと寄せて彼女を帰そうとしたのだが……このままこの人目をそばだたしめるほどの美形の尼にここで夜を明かさせるわけにはいかぬから……しかし、憧れの人に会った貞心は、秋の夜長も一瞬の短さに感じたことであろう。良寛は、老境とは言いながら、おそらく端然とした相貌の魅力的な人であったのにちがいない。

「どうかこのまま、向かい合って、千年でも八千年でも、お顔を見ていたい。あんな空を行く月のことなど問題にされなくてもいいのに」

とまあ、貞心の言う心はそういうことである。

良寛はなおも窘《たしな》める。

心さへ変らざりせば
　這ふ蔦《つた》の絶えず向かはむ千代も八千代も　師

「いや、問題はこうして向かい合っていることではない。そなたの仏道帰依の心が、これから先も変わりないなら、ああして這い延びている蔦がどこまでも絶えることのないように、心と心で向かい合っておりましょうぞ、千年でも八千年でも」

なんだか、良寛たじたじ、という感じがする。

やがて熱い思いの消えやらぬままに、貞心は、さすがに帰ることにした。

立ちかへりまたも訪《と》ひ来《こ》む
たまぼこの道の芝草《しばくさ》たどりたどりに　貞心

詞書に「いざ帰りなむとて」とある。辞去しようとして詠んだのだ。

「これにてお暇《いとま》申して帰りますが、かならずまた再びお訪ねいたします。ここへの道の芝草を分けて辿《たど》り辿りしながら」

と、千里の道も遠しとせず、草深い隘路《あいろ》もなんのその、必ずまたお訪ねしますと、こう言い置いて立った貞心。

しかもこの歌の背後には、

わが宿は国上《くがみ》やまもと
　恋しくはたづねてござれたどりたどりに

という、ほかならぬ良寛の戯詠が踏まえられている。

お師匠さまが、恋しいなら訪ねて来いと仰せでしたから、私はまた訪ねてまいります、と良寛と貞心の間には、そういう了解が共有されていたに違いない。

この詠草のけなげさに、良寛は、つい本心を吐露する。

またも来よ柴《しば》のいほりをいとはずば
　すすき尾花《をばな》の露を分けわけ　師

「ああ、ああ、おいでなされや。こんな粗末な庵じゃが、そなたが嫌《いや》でないなら、また来るがよい。すすきの穂がこんなに茂って、秋の露がみっしりと置いているけれど、それをも厭《いと》わずにな」

と、こう詠んだ良寛の口吻《こうふん》は、最初の韜晦《とうかい》的な一首とは大違いである。

ここを以て考えるに、おそらく良寛の心は、この美しく優しい尼の姿と心に、早くも魅了されつつあったのでもあろうと想像される。

それからしばらく、貞心からの消息が絶えると、良寛はこんなふうに詠んで送った。

君や忘《わす》る道やかくるる
　このごろは待てど暮らせど音づれのなき　師

「そなたはもう忘れてしまったのか、それともここへの道が、草やすすきに閉じられて隠れてしまったのか。この頃は待てど暮らせど、なんの音沙汰もないが……」どんなに貞心からの音信を待ち焦がれていたか、その良寛の心が直截《ちょくせつ》に窺《うかが》われる歌である。

それは妄執《もうしゅう》であり、煩悩《ぼんのう》である。

が、そんなことはどうでもいい。ただ恋しい思いが流露《りゅうろ》していると見るのが、こういう歌の読み方として当然ではあるまいか。

春の初めの君がおとづれ

それからしばらくして、新しい春が来た。

おのづから冬の日かずの暮れ行けば
　待つともなきに春は来にけり　貞心

ちょっと古今《こきん》風の詠みぶりであるが、雪に閉ざされた厳しい越後の冬も過ぎ、いつのまにか春が来ていた、という気分を詠じたのがこの歌で、「春の初《はじ》めつ方消息奉《かたしょうそこたてまつ》るとて」と詞書にあるから、春になって道が通い易くなったら、師の庵をお訪ねします、とでもいう文面の消息の末に書き添えておいた歌なのでもあろう。

良寛は、さっそくこう返した。

天《あめ》が下に満つる玉より黄金《こがね》より
　春の初めの君がおとづれ　師

例の山上憶良の、

銀《しろがね》も金《くがね》も玉も何《なに》せむに
　まされる宝子《たからこ》にしかめやも　（『万葉集』巻五）

という歌あたりを下敷きにして、

「満天下に満ち充てる財宝よりなにより、私にとっては、春の初めにそなたが再び訪れてくれるという知らせのほうが、嬉しく尊いのだよ」

と、もうこれはあられもないというほどの悦びの歌である。

「おとづれ」は、単に音信というだけの意味ではなくて、「訪れ・音信」の両義に亙《わた》るものと、私は読んでいる。

こんな歌を、敬愛する師匠から受け取って、貞心はどんな思いに駆られたことであろうか。

このあたりまでくると、良寛と貞心のあいだには、もはや単なる師弟というところを超えた、たしかに、人間として、また男と女として、深く心を通わせた愛情深いものが感じられる。

良寛も、もう虚勢も建前も振り捨てて、すなおに己の思いを貞心にぶつけてみせているとでも言ったらいいだろうか。

二人はそれから、しばし生活をともにしつつ、なにかと仏法の理《ことわり》などを教え教わることがあったらしい。

やがて貞心は、ひとまず帰庵することになり、こう詠みかけた。

いざさらばさきくてませよ時鳥《ほととぎす》
　しば鳴く頃はまたも来て見ん　　貞心

春も過ぎ、やがて夏になれば時鳥もしきりに鳴くでしょう、その時分になったら、またもや参ってお目にかかりましょう、それまでごきげんうるわしう……。とこれはごく解りやすい別れのあいさつであるが、末句の「またも来て見ん」というところに、さまで間を置かずにまたもやお目にかかりに参りましょうという、ちょっとした心逸《はや》りのような気分が感じられる。

これに応じた良寛の歌は二首、

浮き雲の身にしありせば時鳥
　しば鳴く頃はいづこに待たむ　　師

まずは、……さあ、そう言われても、なにしろ一所不住の修行僧の身ゆえな、時鳥がしきりに鳴く頃は、ここにいるかどうか、どこか旅にでも出ておるかもしれぬでな、いったいどこでそなたを待つことにしようかの……、とでもいう心であろうかと思うけれど、一見すると冷たく突き放しているように見えてそうでない。逢いたいことは逢いたい、けれどもずっとそなたを待っているわけにもいかぬから……時鳥の鳴く頃とは、あまりにも待ち遠なことよ……良寛の思いのなかには、そういう気分が含まれているように読みなされる。

もう一首は、

秋萩の花咲く頃は来て見ませ
命全《また》くばともにかざさむ　師

という歌であった。さすがに、夏はどこにいるともわからぬなどと冷たい返答ではかわいそうだとでも思ったのであろうか、夏は旅の空かもしれないが、秋になって萩の花が咲く頃には確実にここに戻ってきていようから、そしたら、萩の花の枝をいっしょに折り挿頭《かざ》して遊ぼうではないか、と付け加えた風情である。

ところが、貞心のほうでは、この良寛の下心を察するところがあったものと見える。

されど、其《その》ほどをも待たず、又とひ奉りて

秋萩の花咲く頃を待ち遠《どほ》み
　夏草分けてまたも来にけり　　貞心

夏は旅にでも出ているかもしれぬ、といささか韜晦《とうかい》ぎみに返答した良寛の心を見澄ましたかのように、貞心は、夏の盛りにまたやってきた。

「秋萩の花咲く頃には……などと仰せでございますが、そんな先のこと、とても待ち遠しくて、待ちきれませんもの、こうして夏草を分けてまたまた来てしまいました」と、貞心は歌う。この歌には、なにやら息弾ませて大好きな良寛に逢いに来た尼の、そのわくわくした気持ちがこもっているように感じられる。

さすがに良寛も嬉しかったのであろう。

貞心が来てくれたこともさることながら、旅に出ているかもしれぬ、などと韜晦した自分の心を深く読みきって、確信をもってはるばると草を分けて来てくれたこと、それが良寛には嬉しかったことと想像される。

こんな歌を返した。

秋萩の咲くを遠みと夏草の
　露を分けわけ訪ひし君はも　師

「そうかそうか、よく来てくれた。秋萩の咲く頃なんて、あまりに待ち遠しいからとて、こんな茫々と夏草の茂る道を分け分け、露に濡れながら訪ねてくれた、そなたはのう……」

歌に込められた良寛の思いを、すこし敷衍《ふえん》して申せばこんなところであろうか。

そしてまた、良寛のほうから、貞心尼の庵を訪ねることもあったらしい。

日も暮れぬれば、宿りに帰り、又明日こそ問はめとて

いざさらば我は帰らむ
　君はこゝにいやすくいねよはや明日にせむ　師

「さあ、それじゃわしはこれで帰ることにしよう。そなたは、ここでゆっくりお休みなされよ、なにごともあとはまた明日にしよう」

この「いやすくいねよ」の「い」は「寝《い》」であって、「いびき・いぎたない、いめ

（夢）」などの「い」と同じ語である。「いやすくいねよ」は、したがって、「ゆっくりと安眠せよ」という心である。

　そういいながら良寛は、翌朝、夜の明けるのも待ち遠しいように、早朝から貞心のところへ訪ねてきた。

あくる日は、とく問ひ給ひければ
　歌やよまむ手まりやつかん野にや出《い》でむ
　　君がまにまになしてあそばむ　　貞心

　まるで、頑是無《がんぜな》い子供に言い聞かせるような貞心の歌いざまではないか。

「まあ、お師匠さま、こんなに朝早くから……それじゃ、歌を詠みましょうか、それとも手まりでもついて遊びましょうか、いえいえ野に出てみましょうか……どうなとお師匠さまのお望みのままに遊びましょうね」

　こうなると、四十歳の歳の差など、もはや逆転して良寛は貞心尼の懐《ふところ》に抱き取られているような錯覚さえ覚える。

　ああ、ああ、さぞさぞ魅力満点の、女の色香の匂い立つような尼さんであったのだろうなあ……。
で、良寛は、こう返した。

歌やよまむ手まりやつかむ野にや出《で》む
心ひとつを定めかねつも　師

ははは、まことに無邪気というか、なんとも言いようのない歌だけれど、この応酬のはざまに、ほんとうに心を許しあった男女の、なんともいえない交情の細やかさが流露しているように読める。なんだか、良寛禅師、楽しくて嬉しくてしかたない、という雰囲気ではないか。

さらぬ別れ

ところが、それから間もなく、「秋萩の花咲く頃」には必ず在庵するから、と約したその秋萩の頃になると、良寛は、どうやら再び起たぬ終《つい》の病に冒されて、その病症も重《おも》る一方であったらしい。二人はなかなか逢うことも叶わず、むなしく消息の往来だけが通わされたと見える。

その年も押し詰まるころ、良寛から、切羽つまったような歌が送られてくる。

梓弓春になりなば
　草の庵《いほ》をとくでて来ませ
　　逢ひたきものを　師

「春になったら、急いでその草庵を出て来ておくれ、逢いたいのだよ」

この単刀直入な詠みぶりには、もう外聞もなにも捨てて、率直にただ「逢いたい」と懇願する趣がある。いよいよ良寛の命も旦夕《たんせき》の間《かん》に迫ったのである。

貞心は、とるものもとりあえず師走の末頃に師の庵を見舞った。

すると、良寛は、さまで重病らしくも見えず、床の上に起き直って、嬉しそうな笑顔を見せた。

いついつと待ちにし人は来たりけり
　今はあひ見てなにか思はむ　師

よほど逢いたかったのであろう。

「いったいいつになったら来てくれるだろう、いつになったら……と心待ちにしていた人は、今来てくれた。ああ嬉しい、今こうして逢い見たからには、もう何も思い残すことはないよ」

と、良寛は、すっかり素直になって思いを直叙する。こんなことを打ち明けられて、貞心がどれほど思い胸に迫ったか想像に難《かた》くない。

しかし、良寛の病状は重くなる一方で、おそらくは定命《じょうみょう》が尽きるのでもあったろう。


かかれば、昼夜《ひるよ》る御かたはらに有《あり》て、御ありさまを見奉りぬるに、たゞ日にそへてよわりによわり行き給ひぬれば、いかにせん、とてもかくても遠からずかくれさせ給ふらめと思ふに、いとかなしくて、

生《い》き死《し》にの境《さかひ》はなれて住む身にも
さらぬ別れのあるぞ悲しき　貞心

この歌は、『伊勢物語』八十四段に出る有名な歌を本歌とすることは自明である。

すなわち、

世の中にさらぬ別れのなくもがな
千世《ちよ》もといのる人の子のため

（世の中に、こうして避けられない別れ……死別などということがなければいいのに、ながく千世までも長生きしてほしいと祈る子のために）

というのがそれであるが、自分は良寛にとっては子でもないし、また尼なのだから、本来人の生き死にの実相や、無常の理などはよくよく悟っていなくてはいけないのに、それでも昔の人が歌に歌ったような、避けられない生死の別れというものがあるのが悲しい……、と貞心は、せめてそう歌って師に別れを告げる。

これに対して良寛の返歌はもはやなく、ただ、木因《ぼくいん》の発句、

うらを見せおもてを見せて散るもみぢ

という一句を辛うじて示しただけで、遷化《せんげ》したのであった。

この春の浮き浮きとした再会の喜びから、一転してその冬の永別まで、残された詠

草は多くはないけれど、その間の二人の想いが、遺憾なく歌に詠まれて残ったのは、まことに幸いであった。

こういうやりとりを、清純至極な心だけの通いだと見る人もあるけれど、おそらくそんなことはあるまい。こういう心の奥底に、死を目前にして却《かえ》って燃えさかる良寛のエロス的熱情と、貞心の女としての生々しい想いを読まなくては、彼女がこれをわざわざ書き残した甲斐もあるまいと思うのである。

狭野弟上娘子《さののおとがみのおとめ》

生没年不詳

奈良時代の歌人。蔵部《くらべ》の女嬬《にょじゅ》。中臣宅守《なかとみのやかもり》の妻。宅守が越前に流された折の贈答歌が『万葉集』巻十五に六十三首収められ、そのうち二十三首が娘子の歌。狭野茅上娘子《ちがみのおとめ》とも。

袖を振る

『万葉集』巻十五、その掉尾《ちょうび》を飾って一群の相聞歌群《そうもんかぐん》がある。

この巻の冒頭目録には、こんなふうにその謂《いわ》れを題している。

「中臣朝臣宅守《なかとみのあそみやかもり》の、蔵部《くらべ》の女嬬《にょじゅ》狭野弟上娘子《さののおとがみのをとめ》を娶《めと》りし時に、勅《ちょく》して流罪《るざい》に断《だん》じ、越前国《ゑちぜんのくに》に配《はい》しき。ここに夫婦《ふうふ》別るることの易《やす》く会ふことの難《かた》きを相嘆《あひなげ》き、各《おのおの》慟《いた》む情《こころ》を陳《の》べて贈答《ぞうたふ》せし歌六十三首」

蔵部の女嬬というのはどういう職か、じつはよく分かっていないのだが、おそらく宮中に十二司あったなかで、もっとも重い司であった蔵司《くらづかさ》（神璽《しんじ》や軍の通行割符《わりふ》、それに諸式服などを管理する役所）の女官でもあろうかという。

中臣家の子息宅守が、宮中の女官と結婚した時に、なにかの罪を得て勅勘《ちょっかん》を蒙《こうむ》り、越前の国へ配流《はいる》に処せられたのであったらしい。

この間の詳しい事情はなにも伝わっていないので、その罪がなんであったのかも分からない。ただ、この二人の関係そのものは別に問題となった形跡はなく、結婚後間もなくの頃に、なにか別の問題を起こして流罪になったものと見える。

いっぽう、狭野弟上娘子その人については、なにも徴《ちょう》すべき資料なく、どんな出自《しゅつじ》来歴《らいれき》を持った人であったか、さらに分からないが、並々ならぬ情熱と歌心を持った人であることは、残された詠歌から充分に察し得るところである。

さっそくに、その六十三首のなかから、いくつか選んで読んでみることにしよう。

君が行《ゆ》く道の長手《ながて》を
　繰《く》り畳《たた》ね焼き滅ぼさむ天《あめ》の火《ひ》もがも

いつでも逢えると思うと恋の熱はいくらか冷める。しかし、もうこれきり逢えないかもしれないと思ったら、愛《いと》しさも哀しさも、際限なく加熱していくであろう。

娘子は、これから謫所《たくしょ》へ護送されていく夫に、それこそ焔《ほのお》のような言葉で思いを投げ掛ける。

「あなたがこれからはるかに流されて行く道の、その長い道筋を、ぐるぐるっと手繰《たぐ》り寄せ折り畳んで、そのまま燃やしてしまう天の火があったらいいのに……」

激しい言葉である。

行かないでほしい、けれども相手は勅勘の罪人なのだ。それなら、その道がなくなってしまったら、行くに行けないから……そういう思いきった表現で、万葉の数多い歌のなかにも、とりわけ印象の強い、スケールの大きな歌である。

わが背子《せこ》しけだし罷《まか》らば
白栲《しろたへ》の袖を振らさね見つつ偲《しの》はむ

「私の愛《いと》しい人、あなたがどうしても都から去っていかなくてはならないのなら、どうかその白栲《しろたえ》の袖を振りながら行ってね。私はそれを見ながらあなたを偲ぼうと思うから」

「白栲の」は語法上は「袖」にかかる枕詞《まくらことば》なのだが、しかし、こういう枕詞は「白い栲の袖」という明確なイメージを喚起する力があるから、単なる修辞だけではない。もっと実体のある表現なのだと見ておいてよい。

栲というのは梶《かじ》の木の樹皮から精製した繊維で織った布で古代の服地の代表的なものであった。

ここで、去っていく夫に「袖」を振ってほしいと呼びかけているのには、呪術的な意味がある。

由来、ソデという言葉は「衣」を意味する「そ」という物（御衣《おんぞ》などという言葉があるように）の中で「手」を蔽《おお》う部分という意味なのであった。

古代の人は、その長い袖先を折り返して着ていたのだが、別れていく夫や恋人に対しては、長く袖を伸ばして振り交《か》わした。

しかも、その袖の中に秘密の紐を結ぶことによって、自分の魂を封じ込めるという呪術もあった。すなわち、ごく単純化して言ってしまえば、魂の宿っている袖を振ることによって互いの再会を呪《じゅ》したのであったろう。

フルという動作にもまた呪術的な意味が籠《こも》っていた。

たとえば神楽《かぐら》の巫女《みこ》さんが鈴をフル、地鎮祭《じちんさい》の神主が幣《ぬさ》や玉串《たまぐし》をフル、みな同じことで、要するにそのことによって、魂をフリ付けるという鎮魂呪術を意味する動作であった。

この場合は、宅守のソデには、妻の娘子が魂を結び付けてあって、その白い袖を長々と伸ばして大きくフルのは、そこに宿った自分の魂をば、懐かしい家郷《かきょう》の妻の許《もと》にフリつけていくという呪術であったに違いない。

その袖フル夫の所作《しょさ》を見ながら、妻は、やがてここへ、その魂が戻ってきてくれることを祈り願ったのであろう。

当時は道も原始的悪路で宿場などもなく、山賊海賊、天変地異、いろいろな困難が待ち構えている行路、無事に行って帰れる保証などどこにもなかった。

されば、だからこそ、無事の帰還を、せめて呪術的に祈るほかはなかったのである。しかし、配所《はいしょ》に引かれ行く夫と、それを遥かに見送る妻が、白い袖を振り交わし別れを惜しんでいる情景を想像すると、単なる呪術だけではない、哀しくも美しいセンチメントが彷彿《ほうふつ》とするのは無理もないところである。

これに対して夫は、なんと歌を返したであろうか。

うるはしと我《あ》が思《も》ふ妹《いも》を思《おも》ひつつ
行《ゆ》けばかもとな行き悪《あ》しかるらむ

「うるはし」という形容詞は、現代語の「うるわしい」というのとは相当に意味が違っていて、いわば厳然と整った美しさを褒める言葉であった。

娘子という人は、ただに美形であっただけではなくて、端然《たんぜん》として欠点のない気高い美しさを持った人であったということが、こういう形容詞の使い方から想像される。いわば容姿人柄ともに端麗無垢《たんれいむく》なそういう人だったのであろう。

「ああ端麗無垢で素晴らしいなあと、私が思っているおまえを思いながら行くからなのだろうか、なんだか心もとない感じがして、この山道を行こうとしても足が動かぬ」

身替わりの衣

女の歌が、勁直《けいちょく》で熱烈な力を持っているのに対して、男の歌はどこか頼りない。じっさい、この後、配所の越前に着いてからの宅守の歌は、いかにも弱々しい。

　　あかねさす昼は物思《ものも》ひ
　　　ぬばたまの夜《よる》はすがらに音《ね》のみし泣《な》かゆ

「ああ、昼はひねもす、おまえのことばかり思ってぼんやりし、夜はまたよもすがら、おまえのことが思い出されて、声を上げて泣くばかりだ」

配所に到着した宅守は、家郷の妻を思って泣いてばかりいたのであろう。

そうしてまた、こんな歌も詠み送った。

吾妹子《わぎもこ》が形見《かたみ》の衣《ころも》なかりせば
何物《なにもの》もてか命継《いのちつ》がまし

「愛《いと》しいおまえの身代わりの衣がなかったなら、私はいったい何を頼りにこの命を永らえておられようか」

娘子は、別れに際して、自分の形見（身代わり）として身に付けていた衣を夫に託したのであろう。

その衣は、懐かしい娘子の匂いがしたに違いない。香なども焚き染めてあったことであろう。

単なる衣というところを超えて、そこにあたかも生身《なまみ》の娘子が付き添うて来ているような、男はそう思ってまた泣いたのである。

この衣もまた、娘子の魂を宿した形見なのだが、単に呪術というだけでなくて、もっと生々しい思いを物語るもののように感じられる。

こんなふうに詠み送ってきた夫に対して、娘子はまた歌を返す。そのなかの一首。

白栲の我が下衣《したごろも》
失《うしな》はず持《も》てれ我が背子《せこ》ただに逢ふまでに

宅守が掻《か》き抱《いだ》いて娘子を偲びつつ泣いたであろう、その衣は、ほかならず彼女の「下衣」であったことが、この返しの歌から分かる。

すなわち、上の衣ではなくて、直接に身に付ける下衣であったのだ。ああ、その娘子の肉体と魂とを、二つながら彷彿させる懐かしい衣！

「その白栲の、私の下衣を、どうかどうかなくさずに持っていてね。私たちが、再びまた直接に逢えるその日まで、きっと」

こういう哀切な呼びかけの背後に、たしかにこの衣に宿った娘子の魂が、やがてまた都の肉体に戻ってくるようにという祈りが込められていたことが、はっきりと認識できる。

こういう呪術的な恋歌を概観していくと、そこに、たとえば戦地へ赴く夫に、妻が千人針などを持たせて出征させたというような、近現代に至るまで連綿と続いていた、日本民族の心の遺伝子のようなものを感得できる。

また娘子の歌。

ぬばたまの夜《よる》見し君を
明くるあした逢《あ》はずまにして今ぞ悔《くや》しき

「ああ、昨夜の夢にお逢いしたあなたを、あけての朝《あした》になったら、やっぱり逢えぬままなのだったと思って、今目覚めたことが悔やまれます」

この歌には、都を発つ前夜の逢瀬のことを言っているのだという解釈もあるのだが、私はこの夢の逢瀬の解釈をとる。

万葉の時代の文人たちが愛読した、当時最先端の外国文学であった唐代の俗小説『遊仙窟』に、次のような表現が見えている。

「小《しば》らくある時《とき》、坐《ぬ》ながら睡《まど》ろむ、即《すなは》ち夢に十娘《じふじょう》を見つ。驚《おどろ》き覚《さ》めて之《これ》を攬《かいさぐ》るに、忽然《たちまち》に手《て》を空《むな》しうせり」

これは主人公張文成《ちょうぶんせい》が、仙境で超美人の十娘と出会って、之に思いを懸け、ふと微睡《まどろ》んだ夢にその十娘を見た。やがて目が覚めて、自分の隣を掻き探ってみたが、そこには誰もいなかった……というので、その夢の逢瀬を惜しみ傷《いた》んでいる場面である。

この一節を下敷きにしたと思われる歌が、大伴家持が大伴坂上大嬢《おおとものさかのうえのおおいらつめ》に送った、

　夢《いめ》の逢《あ》ひは苦しかりけり
　　覚《おどろ》きて掻き探れども手にも触れねば

という歌で、おそらくこの弟上娘子の歌も同じことを嘆いているのであろうと、私は思っている。

ああ、現実には逢えないあの恋しい人に、せっかく夢で逢えたのに、うっかり目覚めてしまった、もっともっと夢の中にいたかった……そういう切実な悔いを詠んだものと、私はぜひとも解釈しておきたいのである。

最後に、もう一首。

　帰《かへ》りける人来《きた》れりと言ひしかば
　　ほとほと死にき君かと思《おも》ひて

赦免《しやめん》されて帰ってきた人がある……そう人が言うのを聞いて、すわっ、あなたが帰ってきたのかと思って、私はもう死んでしまうかというくらい嬉しかったのに……。恋の至純《しじゅん》、まさにここに至る、善《よ》きかな、善きかな。

祇園梶子《ぎおんかじこ》

生没年不詳

江戸時代中期の歌人。本姓不明、本名は梶。梶女とも。京都祇園の八坂神社近くの茶店の女。和歌を口ずさむ女のいる珍しい店として繁盛する。和歌の師は持たなかった。茶式部と異名を取ったと伝える。祇園三女のひとり。『梶の葉』がある。

祇園林の茶屋女

江戸時代も元禄を過ぎた頃になると、世は平和で、殺伐とした戦《いくさ》もなく、人々のエネルギーは、もっぱら文化方面に振り向けられていった。

さて、元禄頃、祇園の茶屋女《ちゃやおんな》に梶子という人があった。

茶屋女というのは、茶屋に雇われて客の接待をする職業で、おそらく内実は色を売るようなこともあったのであろう。

そんな職業の女だから、梶子というのも本名かどうか分からないし、氏素性などはもとよりまったく知れない。

ただ、伴蒿蹊《ばんこうけい》の著した奇書『近世畸人伝《きんせいきじんでん》』（寛政二年刊）に、「祇園梶子」として出ているから、江戸中期にはよく知られた人であったと見える。そこに、

「梶子は祇園林の茶店の女也。もとより其わたりの人にやしらず。其家集梶の葉を見れば、をさなきよりうたをよめり。十四になりける年のくれに、歳暮恋《せいぼのこひ》といふことを、

こひこひてことしもあだに暮《くれ》にけり涙の氷あすやとけなん」

と出ているから、ずいぶん若い頃から、祇園林の茶店にその人ありと知られていた

らしい。

祇園林は、今の八坂神社の境内からその背後に広がる林のことで、おそらくは当時そのあたりは祇園さんに参る人を目当ての茶店などがいくらもあったのであろう。

そればかりか、享保三年に京麩屋町通誓願寺下ル町の八文字屋《はちもんじや》八左衛門《はちざえもん》が刊行した『傾城竈昭君《けいせいかまどしょうぐん》』（江島其磧《えじまきせき》作）という俗小説の、巻二の三に、

「ここに清紫《せいし》赤染《あかぞめ》が古き流をくむ茶女《さぢょ》有。賎《いやし》きわざのいとまに古今《こきん》伊勢物語に目をさらし、源氏うつほに唇《くちびる》をかはかし、月の夕《ゆうべ》花の朝《あした》いひすつる反古《ほうご》のはしばしを、此道の好士《かうし》ひろひとりて、梶《かぢ》の葉《は》と号《なづけ》てもてあそぶ。中にも人目の関夜のあられのふりにし名哥《めいか》にもならひ、其外人の口にある哥《うた》のみおほし。世に是を呼《よん》で、茶式部となん。悲《かな》しきかな黒主《くろぬし》といふ者有て、水銀《みづかね》の毒薬《どくやく》をもつて、かれが哥口《うたぐち》をとどめぬ」

（訳）「ここに清少納言や紫式部、また赤染衛門のような女房たちの古い伝統の流れを汲む茶屋女がある。卑賤な生業《なりわい》のいとまに、古今集や伊勢物語を読み、また源氏物語や宇津保物語を口がからからになるまで朗読して勉強し、月の夕べ、桜花の朝につけて、口からでまかせに詠んだ歌を書き付けた紙切れをば、その道の数寄者《すきしゃ》たちが拾い取り集めて、之を『梶の葉』と名づけて賞翫《しょうがん》する。そのなかにも、人目の関がどうとやら、夜のあられのこうとやら、言い古された古今の名歌にも倣《なら》って、そのほか、

人口に膾炙《かいしゃ》した歌もたくさん詠んでいる。そこで、この茶屋女をば世間の人は呼んで『茶式部』という。ただし、悲しいかな、黒主という男があって、水銀の毒薬を以て、この茶式部の口を永遠に封じたとのことだ」

と出ているから、梶子がこの享保三年以前に没していたことは、ほぼ確実であろうと思われる。

ただし、黒主という男が水銀で毒殺したという話は、もとより信憑《しんぴょう》するにも足りぬけれど、なにか非業《ひごう》の死を遂げたというような風説が伝えられていたものかと思われる。

その『梶の葉』という家集を一読すると、やはり通俗で類型的な歌ばかり多くて、歌人として時代を代表するものとも思えないのだが、少なくとも当時は、名高い美女の歌人として主に嫖客《ひょうかく》のあいだに持て囃《はや》されたものであったろう。

類型のなかに漂う実感

まずは少しばかり、叙景歌を窺《うかが》ってみよう。

夕立

ゆふだちのはれて涼しき草むらは
　秋とやいはん露の月かげ

酷熱の夕べ、ざっと夕立が降ると、一瞬天地は冷気に満たされる。往古は特にこういう夕立のあとの刹那の涼気をよく感じることができたものだった。そうして、その雨露《あまつゆ》があたりの草むらに宿っているところへ、折もよし、夏の月がさし昇ってくるのである。すると、露の一粒一粒にきらびやかな月影が映じて、その景色はあたかも秋と言ったらよかろうか……という詠嘆である。露はむろん秋のものだし、月も秋の景物である。夏の夕べに一瞬幻のように現れた秋景色をこういうふうに歌に詠んだのは、なかなか働きがある。

河原の夕すずみを見侍《はべ》りて

ここに来てみたらし河の水上を
　おもへばすずし波の夕かぜ

賀茂川の河原に夕涼みをする人たちがある。それは祇園の茶屋女である梶子には見慣れた景物であるが、しかし、この賀茂川を遡上《そじょう》してゆけば、賀茂神社に至る。その社の前では、この河は御手洗川《みたらしがわ》と呼ばれて、古今名高い禊《みそぎ》の聖水であった。

そこで、夕涼みをする人たちが逍遥している賀茂の河原に来て、上流の御手洗川あたりの景色を思い浮かべると、この目前の川水も、尊い賀茂社ご宝前《ほうぜん》の御手洗《みたらし》であったかという感慨が催されて、その川波に夕風に、いっそう心爽やかなものを感じる、というのである。京都の人として、まさに実感のこもった歌と言いつべきであろう。

月照叢露

あくるかとみしは草葉の白露か
庭もまがきも月ぞやどれる

夜深くふと目覚めると、外がほんのり明るいので、夜が明けたかと思った。が、戸を開けてみると、それは庭に落ちる皓々《こうこう》たる月光の明るみであったという、ちょっとした驚き。

誇張のように見えるが、夜の暗かった昔、月光の明るさは、今の人とは雲泥の違いがあった。それは私自身、イギリスの田園のなかで実感したことがある。ああ、月影の宿った庭の明るさはこんなにも、と感動したその心を、この歌などは実は素直に歌っているように思われる。

そうして、こういう素直な叙景歌を読むと、むしろこの人の歌の手腕は、恋歌よりも叙景歌のほうに優れたものがあったのではないかとさえ思われる。

とはいえ、こんな歌もある。

むかしを思ひ出《いづ》る事侍りて

つらくのみすぎこしかたを忍べとや
　うき独寝《ひとりね》にたてる面影

述懐《じゅっかい》

さのみ身を思《おもひ》な詫《わび》そ
　つらしとてうしとて世をば過《すぎ》ぬ物かは

これらの歌には、茶店の女として身過ぎをしてきた梶子の、真率な心の叫びが反映しているようにも読めて興味深い。

前者は、

「恋しい男に捨てられて、辛い思いばかりしてきた既往《きおう》なんか忘れたいのに、それでもなおその辛い思いを思い出せというのだろうか、あのつれない男の面影が、悲しい独り寝の夢にまた立ったこと……」

という意味である。

また後者は、

「そんなに自分の身の上を悲観的にばかり思うていてはいけない……どんなに辛くてもやりきれなくても、なんとか世過ぎはできるものだから」

とでもいうことであろう。これなどは、人を諭《さと》していると見るよりは、自ら思い慰めていると見たほうが面白かろう。

これらは、少し働きのある、実感の籠《こも》っているように読める歌どもであるが、たとえば、

寄月恋《つきによするこい》

なにゆへにかかる涙と

袖のうへに宿れる月を人やとがめん

と、こういう歌になると、これはもう類型以外のなにものでもない。

大意は、

「どんなわけでこれほどに涙を流しているのか、と私の袖の上に涙が溜まって、その涙の海に月が映っているのを、人は見咎めるであろうか」

というようなことだが、袖の涙、その涙に宿る月、またそれを咎める人、こんな道具立ての歌は、古今掃いて捨てるほどあって、これぞ遊女の文《ふみ》同様、誰も真実が宿った歌だとは思うまい。

しかしながら、こんな歌どもはどうであろう。

雪の明《あけ》かた人のゆきかひもほどちかく聞《きこ》えければ
ゆく人のあかつき雪をふむ音も
まくらにさゆる道のべの宿

ている。

道がある……このあたりはちょっと『源氏物語』の夕顔の宿などを意識しているのかもしれぬ……ので、女は閨《ねや》のうちにあって、その枕のそばに聞こえる往来の音を聞いている。

心なき身にさへおもふ春はただ
なにはわたりの明ぼのの空

なにはのかたをながめやりて

この「雪の明《あけ》かた」の歌は、なかなか味わい深い。

あたりは一面の雪となった。その明け方に、粗末な小家のすぐ外に、人の往来する

その前夜枕を交わした男が、暁になると帰っていくのであるが、女が閨に耳を欹《そばだ》てていると、その肌を交わした男の足音が、キュッキュッと雪を踏んで去っていくのが、冴え冴えと聞こえる、というのである。

これなど、ちょっとした切ない実感がある。

次の「なにはのかた」の歌にも、類型ばかりでない、恋の思いがそこはかとなく漂っているように読める。

この「心なき身にさへおもふ」というのは、西行の、

心なき身にもあはれは知られけり
鴫《しぎ》立つ沢の秋の夕ぐれ

（もう出家して世俗のことに心を動かされることなどないはずのこの身にも、やはり嗚呼《ああ》と心が動いてしまう、この鴫の飛び立っていく秋の夕暮れの景色に接すると）

という歌を下敷きにした表現であろう。

ただし、西行は秋の夕暮れ、梶子は春のあけぼの、と季節感や時間をちょうど裏返しにしてある。

おそらく、浪速《なにわ》には恋しい男がいるのであろう。そうして、生暖かい春のあけぼのになると、遠く浪速の空の下にいるその男が思われてならぬ。

かつては、今自分が寝ているこの閨に共寝して、同じような春のあけぼのに、その男は浪速へ帰っていった。

だから、いつもこの季節、この時分になると、なんだかぼんやりとして浪速の空を思うのだ。

「なにはのかたをながめやりて」というのは、ただ京から大坂の方角の空を望見してというだけの意味ではなくて、「ながめ」すなわち「物思いに耽る」という意味が下心に込められていると読むべきであろう。

「ただなにはわたりの」という表現は、「ただなんとなく……」という文脈と、「浪速わたりの」という文脈とが掛け詞《ことば》になっていると見られる。

すなわち、

「自分のように風流風雅のことなど弁《わきま》えぬ賤しい身の上の者にも、この春になると、ただなんとなく、浪速のあたりのあけぼのの空が思いやられる」

というほどの意味だが、そこに恋の思いがほんのりと込められているのである。

逢不会恋《おうてあわざるこい》

はかなくもたえぬ現《うつつ》にしたふかな
　みし夜のゆめの昔語りを

これは「逢うて会はざる恋」というありきたりの歌題による題詠であるから、発想そのものは類型的である。ちょっと解釈しにくいところもあるのだが、大意は、

「はかなくも絶えてしまったあの人との恋。それが現実だけれど、それでもなお、かつて逢瀬を遂げたときの夢のようであった思いを、今は夢のなかで昔語りをするように思い出して恋い慕っている」

というようなことであろう。

これももとより類型とは言いながら、そこに一掬《いっきく》の真実味が籠っているように読めるところが、まあせめての手柄というべきであろうか。

こんな歌を詠む茶屋女が実在して、その歌がちゃんと『梶の葉』という家集として出版され、東西の人士に持て囃されている、げに江戸時代は面白い時代であった。

俊成卿女《しゅんぜいきょうのむすめ》

承安元年（一一七一）頃〜建長四年（一二五二）頃
鎌倉時代前期の歌人。父は藤原盛頼《もりより》、母は藤原俊成の娘。俊成の孫で養女。源通具《みちとも》の妻。後鳥羽院歌壇の中心的存在として活躍。『新古今和歌集』以降の勅撰集、「千五百番歌合」などの歌合・歌会に参加。『俊成卿女集』がある。

歌学の家に育って

俊成卿の娘、ということになってはいるのだが、その実、この人は藤原俊成の孫に当たる。

俊成の息子として名高いのは、かの定家《ていか》であるが、その同母姉八条院三条《はちじょういんさんじょう》を母とし、父は、左少将藤原盛頼《もりより》という人、この人は、中納言成親《なりちか》の弟に当たる。すなわちこの成親は、かの鹿ケ谷《ししがたに》の変《へん》の首謀者の一人として捕縛され、備前に流謫《るたく》ののち、そこで弑《しい》せられた謀反人《むほんにん》であったから、その罪過は弟の盛頼にも及び、その頃官《かん》を解かれたことが知られている。

おそらくは、その父の罷免追放に際して、幼い姫を養育するために母方の祖父俊成が引き取って養女としたのであったらしい。

かくてこの人は、叔父にあたる定家にごく近いところで成人したのだから、祖父や叔父の歌学の空気のなかで育ったことは明白である。

こんな生まれ育ちのなかで、この人は自然自然にこの時代の歌ぶりの影響を受けて、女性歌人としての地歩を築いていったものであったろう。

そこで、この人の歌には、本歌取りなどの技巧を凝らしたものが多く、本歌と目すべきもののない詠草は、むしろ例外に近い。この時代は、そういう技巧や修辞をいかに我が物として使いこなしてみせるかというところに、歌人の手腕が問われたのだから、こういう歌学の家に育って、一代の碩学《せきがく》歌人を養父や叔父として人となったことは、この人の歌ぶりを決定する大きな要素であった。

しかしながら、もちろん本歌によらぬもののなかにも、いわゆる新古今風というべき、唯美的な詠歌が散見せられる。

たづね入《い》る春のあはれもふかき夜の
　花にかすめるみ吉野の月

ほんとうに吉野の山深くに訪ね入ったかどうか、そんなことは問題でない。おそらくは屛風歌《びょうぶうた》のような成り立ちの歌であろうと想像され、これも彼女の心の中にはんなりと空想された一景に相違ない。

四季折々に「あはれ」、すなわち感興を催して心に沁《し》み入るような景物《けいぶつ》がある。その一つとして「春のあはれ」というものを探し求めて、深く深く山路を分け入ってゆくと、いつのまにか日が暮れ、夜も更けて、沈々《しんしん》たる深夜となった。

しかし、その夜深《よぶか》き闇に、花が……満開の桜花《さくらばな》が浮かんでいる。花は全山咲き満ちて、朦朧《もうろう》と白く夜空を霞ませている……そこは吉野山の奥、空には、これも春霞に霞んだ明月が華やかに輝いている。天に月、地に花、あたりは深い山、深い夜……。

この歌はざっと説明すれば、そういう夢のような花の景色を詠んだもので、この人の想像力がなまなかのものでないことが読み取れる。

疑似体験の恋の歌

恋の歌についていえば、和泉式部のような独創的なところはなく、式子内親王のごとくに鋭敏な感覚を見せるところもない。

言ってみれば、この当時の歌壇に通有のひとつの「型」を襲った詠歌が多いのではあるけれど、さるなかにも、なかなか見どころのある什《じゅう》もちらほらと見かけられる。

消えわびぬ
　命をあだにかけそめし

露の契りをむすぶ別れは

冒頭いきなり、「消えわびぬ」と言い切っている。「わぶ」という動詞は、本来「悲観する」というほどの意味なので、「消えわびぬ」というのは、こんな我が身はもう消えてしまいたいと思うけれど、それもままならぬことを悲観し嘆いている、という意味なのだ。

ではいったい、何に対して消えわびているのであろうか……。

それがその次に詠まれる「命をあだにかけそめし露の契り」というところなのだが、「あだに」というのは「空しく、かりそめに」というような意味である。つまり「命を懸けて愛し愛されたい」と、女は思う。そして将来ともに愛の変わらぬことなど、せいぜい約束するのだけれど、そんなのはしょせん「あだに」約束しているに過ぎないのだ。空しい、当てにならぬ恋の契り、女は祈るように一夜の契りを結んだけれど、結局露のごとく儚《はかな》い契りに過ぎないことを女は知っている。

この歌は「後朝恋《きぬぎぬのこい》」という題で詠まれたものだから、男が帰っていった、その朝の気持ちを、こんなふうに詠んだということである。

男は帰ってしまった、もう再び来てくれるかどうか分からない。

それなら恋にかけた命などもう消え果ててしまったらどんなにいいかと思うけれど、そうそう消えることもできず、ただ悶々と思い侘びている、ということを言っているのであろう。

なんとなく分かりにくい、屈折した詠みぶりだけれど、一夜《ひとよ》の逢瀬《おうせ》の恍惚と不安をよく詠み得ているではないか。

女の恋は、ただただ「待つ恋」、いつもこういうアンビバレントな思いのなかに、と揺れこう揺れしているのである。

あふと見てさめにしよりもはかなきは
　うつゝの夢の名残《なごり》なりけり

『俊成卿女集』には、初句を「あととめて」とあるが、それでは意味が通じにくい。この歌は『続後撰集《しょくごせんしゅう》』に取られていて、そこでは初句を「あふと見て」とする。このほうの本文を採って解釈してゆくことにする。

恋しい人と「逢えた！」と飛び立つような喜びを覚えたけれど、それは夢の逢瀬であった。夢は、逢えたと思った途端に、ふと覚めたのであろう。

ああ、なんと儚い夢の逢瀬であったろうかと、女は悲しむのだが、しかし、考えてみれば、夢の逢瀬でなくて現実に逢った時だって、いったいどれほど確実な現実なのであろうか。

抱き抱かれている時は、確かな現実のように思えるけれど、いざ男が霞のごとく立ち去ってしまった後になってみれば、その翌朝の気持ちは、まるで夢の名残のように不確かで、あれはいったいほんとうに現実だったのだろうかと首を傾《かし》げたくなるような不確かさなのだ。

いや、夢だったらまだ夢だと確実に思えるから我慢もできようけれど、うつつの逢瀬のほうは、たしかな契りであってほしいと願わずにはいられないぶん、それなのに夢だかうつつだか分からないぶん、より我と我が心に納得し難《がた》いのであろう。

だからこそ、夢の覚めたときより、うつつの逢瀬の名残のほうが儚い、と観じているのである。

なかなか微妙なところをよく詠じ得ている。

なおこの歌には本歌がある。

あふと見てうつつのかひはなけれども
　はかなき夢ぞ命なりける

という藤原顕輔《あきすけ》の歌で『金葉集《きんようしゅう》』所収。こちらは、「逢えたと思っても現実の逢瀬のような甲斐はないけれど、実際には逢えない今、その夢の逢瀬だけが私の命なのだ」

という意味で、まったく単純な発想である。

ここから換骨奪胎《かんこつだったい》、はるかに複雑で微妙な心理の綾《あや》を詠み込んだところに、俊成卿女の歌人としての力量がある。

絶《たえ》はつる心の道を恨みても
猶《なほ》たどらる、夢のうき橋

この「夢のうき橋」という表現自体、『源氏物語』の「夢浮橋」を意識しているのであろう。そこに既にしてフィクショナルな意識が見える。

が、内容的には、源氏の「夢浮橋」には直接関わりがなさそうである。

思いが恋しい人のところへ通っていく……すなわち夢というのは、魂が睡眠中に遊離して、恋しい人のところへさすらっていく、もしくは相手の魂が通って来るということなのだと、昔はみなそう理解していた。

もう恋しい人との逢瀬も絶えて、心の通いもすっかり断ち切られたと、そのことを恨んでいても、それでもなおまるで空中に浮かぶ吊り橋を手繰《たぐ》り手繰り進んでいくように、やはり夢のなかでは心が通っていく、だからこそこうして夢に見るのだもの、とそんな思いを歌っているのであろう。

通いの途絶えたことを恨みながら、でもなお心は未練を残していることを、こういう夢が教えてくれるのである。

この歌の下心には、かの定家の名吟、

　春の夜の夢のうき橋とだえして
　　峰に分かるゝ横雲の空

が意識されているかもしれない。

　あぢきなくのこる恨みの長き夜に
　　はかなかりけるうた、寝の夢

「あぢきなし」という形容詞は、この時代には、もうどうにもならぬ索漠《さくばく》たる気持ち、まるで砂を嚙むような面白からぬ心事《しんじ》を言う。

「あぢきなくのこる恨み」、すなわち別れて、あるいは捨てられて、砂を嚙むような思いをしている、その恨みに、女は嘖《さいな》まれながら、秋の夜長を寝もやらで過ごしている。

もう捨てられたと思っていても、一縷《いちる》の望みはどこかに残っている。もしや万一、万々一にも、あの人は来てくれるかもしれぬ……そう思いながら、女は物思いに耽っているのである。

同じ一夜でも、喜びのうちの逢瀬の一夜は、あっという間に明ける。しかし、男に捨てられて物思いに沈むばかりの寝られぬ夜は限りなく長い。

時間は、その人の心理状態と置かれた立場によって、大きく伸び縮みする、それはだれしもの心に覚えのあることであろうと思われる。

ここは、残る恨みは長い、という文脈と、長き夜に、という文脈と二つの流れが「長き」を掛け詞にして繫がっているものと見られる。

恨みが長きがゆえに、いつまでも未練の恋人を断ち切ることはできぬ。そこで、ついつい思いの外《ほか》の物思いに沈むことになり、輾転反側《てんてんはんそく》、眠りをなさぬままひたすら長き秋の夜を我慢して過ごしている。

すると、そんな時にも、いつしかうたた寝をしたものと見える。「うたた寝」については、すでに縷縷《るる》述べたところだが、要するに、なにかの理由できちんと寝床に入らずに、つとそのままものによりかかるような形で、浅い眠りに落ちることを言う。

されば、そうやって断ち切れぬ未練に懊悩《おうのう》しながら、悶々と待って起きていた女も、いつしかとろとろと浅い眠りに落ち、そのうたた寝のうちに、なんとまたあの恋しい憎い男の面影が彷彿と現れた。

……そんな夢の逢瀬など、僂い上にも僂いわ……でも、また夢に見てしまった、と女はその夢の逢瀬を悔しく思うのである。

そのことによって、まだ未練を断ち難《がた》い己《おのれ》の心と対峙《たいじ》しなくてはならぬからである。こうして、女は哀しくその夢をまで恨むという趣である。

なかなかこれも、複雑でアンビバレントな恋心を、巧みに表現し得ている。

はたしてどこまでこういう感情が、彼女自身の切実な経験に基づくのであるか、よくは分からない。

いくらなんでも多少はこういう経験もあったかと思うのだが、それも想像に過ぎぬ。あるいは、ただ『源氏物語』に代表されるような、女の苦悩を綴《つづ》った恋物語を読んで、そのなかに自己を投影するようなかたちで、いわば疑似体験をして詠んだ歌とも思える（『伊勢物語』『源氏物語』『狭衣《さごろも》』などの歌を本歌のように意識した作も、この歌集中には数多く認められるのだ）。

しかし、いずれにしても、そういう人工的な契機で歌を詠むことがごく当たり前であった時代の歌人として、そのことを咎めても仕方がない。

むしろそういう作り物めいた詠歌の方法のなかに、そこはかとなく漂う真実味を掬《すく》いとってみることこそ、こういう歌の読み方として正しいのではあるまいか。

大田垣蓮月尼《おおたがきれんげつに》

寛政三年（一七九一）～明治八年（一八七五）

江戸時代後期から明治時代初期の歌人。名は誠《のぶ》。菩薩尼・陰徳尼とも。二度迎えた夫や子供に先立たれ、出家。上田秋成、六人部是香《むとべよしか》に和歌を師事。みずからの歌を書きつけた陶器蓮月焼で知られる。『海人《あま》のかる藻《も》』がある。

蝶の夢みん

山ざとのやなぎのめにも見ゆるまで
　ほのめきわたる春の色かな

うまいして蝶の夢みん
　菜の花の枕にかをるはるの山里

小山田のきりの中道ふみ分《わけ》て
　人くと見しは案山子《かがし》なりけり

いにしへを月にとはるる心地して
　ふしめがちにもなる今宵かな

いきなり四首の歌を挙げてみる。

幕末から明治にかけての歌人、大田垣蓮月尼の詠《えい》である。

いずれも恋の歌ではない。ないけれど、単なる叙景歌とも言い難《がた》い。

まず、「山ざとの……」の歌。

私自身は、春という季節はあまり好きではないが、ただ花の盛りが終わって、まさに春もたけなわになろうとする時分、里山の木々がいっせいに芽吹きをする時が至る、その一刹那《せつな》ばかりは、どの季節にもまして心惹かれるものがある。

何の約束があるのであろう、落葉樹の木という木が、みな申し合わせたようにほんのりと芽吹きの色を烟《けぶ》らせて、それはそれは繊弱《あえか》で儚《はかな》い美しさを見せる、ごく限られた一瞬の季節のうつろい。

この歌は、そういう一刹那を山里の柳の芽吹きに着目して詠んだ歌で、もともと花の盛りをどこか鬱陶《うっとう》しく思っている私は、芽吹きの色のあえかな美しさばかりは、一年の美という美の、哀しさという哀しさの、ことごとく凝《こご》ったもののように見て、いつも涙ぐましい思いを禁じ得ないのだ。

そういう儚い、弱々しい、そして無常を極めたようなほのかな美を愛する心は、この人が凡百《ぼんびゃく》の歌人ではないことを物語っているように思われる。

次に、「うまいして」の歌。

これは「蝶の夢」というところに眼目があるので、かの『荘子《そうじ》』の名高き寓言《ぐうげん》、「荘周《そうしゅう》夢に蝶となる」を下心に含んでいることは事新しく言うまでもない。

時は春、あたりは一面の菜の花。その菜花《なばな》の薫《かお》りがそこはかとなく夜の枕辺《まくらべ》にまで通って来るのであろう。されば、さあ、これから「熟睡《うまい》」して蝶の夢でも見たいものだ、という。

『荘子』の寓言は、ざっと次のような話である。

荘周がある時夢で蝶になった。

ヒラヒラヒラヒラと楽しく花に戯れていた時、自分は蝶だと思うていた。が、ふと目覚めてみると、なんぞや、蝶ではなくて荘周にほかならなかった。

そこで、この夢で蝶になっている時と、覚めて荘周である時と、はたしてどちらがまことの自分であるか……、こうして人間だと思っている自分だって、ある時、夢から覚めたら、あの夢中の蝶と同じことであるかもしれないのだ。現世の存在などというものは、そのくらいあやふやなもので、さように曖昧模糊《あいまいもこ》たる現世に出世栄達やら長寿富貴やら、恋の成就やらあれこれ願ってみたとて、ある日大きな目覚めが来ればすべては夢と消えるかもしれない……そう人生を観念せよ、というのが荘子の教えである。

蓮月尼は、かの紀貫之《きのつらゆき》が、

やどりして春の山辺にねたる夜は
夢の内にも花ぞちりける　（古今集、春下）

と詠んだような意味での華やかな夢を望んだのではなかった。

夜だからすでに風景は見えぬ。ただ菜花の薫りの通《かよ》いによってのみ、華やかな春の野の景色を想像しつつ今眠りにつこうとして、荘周のようにひとつ蝶にでもなってみようか……と思っているのである。

つまり、生きていることの無常、現世《うつしょ》の儚さ、せめて荘周のように夢中の蝶となってヒラヒラヒラヒラと花に戯れてみたいものだという、一種虚無的な諦念《ていねん》のごときものが、ここには揺曳《ようえい》していると見てよい。

蓮月尼は、寛政三年の生まれで、明治八年に数え八十五歳で身罷《みまか》ったのだが、その出生からして数奇な人生を送った人であった。

父親は伊賀上野藤堂《とうどう》家の城代家老藤堂新七郎だが、密々裡《みつみつり》に京の愛妾《あいしょう》に生ませた庶子で、生まれてすぐに知恩院の寺侍《てらざむらい》であった大田垣光古《おおたがきみつひさ》の養女となった。名を誠《のぶ》という。

光古は、一子仙之助に娶《めあわ》せて家督を継がせることを思っていたらしい。ところが、誠十三歳の時に、その仙之助は二十一歳を一期《いちご》として病死、その母亀女も跡を追うようにして死んでしまった。

長じて、大田垣家に養子として入った望古《もちひさ》という男と結婚し、一男二女を儲けたけれど、いずれも幼くして死んでしまった。しかもこの夫は乱暴狼藉を尽くした放蕩者《ほうとうもの》で、八年ほどで離縁、家を追われてしまう。

その後、再び養子として古肥《ひさとし》を迎えて、また一女を得たけれど、四年ほどで温厚篤実な人柄の夫はあえなく労咳《ろうがい》で死んでしまう。

この夫の死を機に、誠は知恩院の大僧正に就いて薙髪《ちはつ》出家し、法名《ほうみょう》を蓮月と賜ったのであった。

が、その後も非運は打ち続き、ただ一人残った愛娘《まなむすめ》も七歳で早世《そうせい》してしまう。

こういうまことに家庭的には悲劇的な一生を送った人であったが、娘時分には文武両道に通じ、文事は上田秋成の指導を受け、武技は幼時より父に就いて修練して長刀《なぎなた》は免許皆伝、ある時、酔余《すいよ》戯《たわむ》れかかった不良の若侍の首根っこを引っつかんで投げ飛ばしたという武勇伝が伝わっているくらいであるが、血筋のゆえか、無双の美人であったと伝える。

こういう行跡《ぎょうせき》から考えてみると、この蝶の夢の歌なども、単なる言葉の上のことだけだとも思えない。彼女は、現世においてあらゆる辛酸《しんさん》を嘗《な》めつつ、おそらく心ならずも長命を保った人であったのだから、人生の儚さを、もし夢だと観ずることができたら、それはこよなき慰めであったにちがいない。

三首めの「小山田の」の歌は、人里離れた庵《いおり》に隠棲している頃、秋霧がほうと立ってあたりを白く蔽《おお》い尽くしてしまうことがあったのだろう。

その時、ふと向こうから霧を分けてやってくる人がある、と見えた。

しかし、やがて霧が少し晴れてくると、なんだ、誰が来たのでもない、山田の案山子が立っているに過ぎなかった、というのだが、この歌は「田霧」という題が付いていて、もともと題詠の一首として詠まれたものかと想像される。

しかし、身内の全ての人に死別しての淋しい庵中の生活には、こんなことが実際にあったのかもしれない。その、案山子を見て「人く(来)」と一瞬思った心の動きのなかには、やはり人恋しい思いなどがちらりと覗いているように見える。

あるいは、生涯心の夫として忘れもやらなかった古肥の面影がふっとよぎって、

「誰だろう、まさかあの人が……」

とあらぬ物思いをしたということなのかもしれない。

四首目の「いにしへを」の歌には、もっとはっきりと、既往の諸事が蓮月の方寸《ほうすん》の裡《うち》に去来していることが見て取れる。

庵に一人月を見ている。

あたりには誰もいないのであろう。

すなわち、訪《おとな》うものは月ばかり、そんな情調を読んでおきたい。

そんな時、彼女の心のなかには、養女ながらも光古の愛情に守られて大事に育てられた幼な時分から、文武両道、男を投げ飛ばしてのけた娘時分、そして放蕩無頼の先夫に苦しめられてなお三人の子を儲け、またいずれも喪《うしな》い、やっと得たと思った倖せも、その後の夫古肥の病死や遺児の早世によって、またも空《くう》に帰してしまったこと、いやそればかりでない、無双の美形であったからには、男たちから好色な目で言い寄られたりすることも一、二にはとどまらなかったことであろう……そんなあれやこれや、女としてついに人並みの幸いを得るに至らなかった既往を思い出しては、いま皓々《こうこう》と空に輝く月の光が、己《おのれ》の恥ずかしい心を見透かしているように思われるのだ。

月を眺めながら、こんなふうに己の恥ずかしいいにしえを思い浮かべるなどは、きわめて珍しい発想であるが、それは蓮月の人並みならぬ人生行路がそう思わせるのである。

以上は、蓮月の晩年明治三年に刊行された家集『海人《あま》のかる藻《も》』から抜粋した歌どもであった。

凜として優しく

出家してのち、蓮月は都ほとりに蟄居《ちっきょ》して、あちこちと転居を繰り返しながら、手《て》捻《びね》りの茶器などを自製し、これに得意の麗筆を以て歌などを彫りつけて焼き、売り出したところが都《みやこ》内外の騒人《そうじん》の遍《あまね》く愛玩《あいがん》するところとなって、世に蓮月焼《れんげつやき》と称せられ、大いに人口《じんこう》に膾炙《かいしゃ》したものであった。現在でもその蓮月焼のかれこれが折々に少なからず骨董市場に現れてくるほどである。

こんな閲歴の人だから、『海人のかる藻』にも恋の歌は多少あるけれど、特に佳什《かじゅう》とみるべきものは見当たらない。

ただ、『海人のかる藻』に漏れたものを集めた『拾遺《しゅうい》』のなかに、こんな恋の歌を発見することができる。

いめ人のふしみもやらずくれ竹の

おきふしごとにねのみなかれて

この歌は「寄竹恋《たけによするこい》」という題で詠まれた一首。

「いめ人」すなわち、「夢に見る人」である。

恋しさに夜も眠れないので、臥《ふ》してその人を見ることもならぬ。それで、窓の外の呉竹が風に起き伏しするごとに、自分も起きたり臥したりして、ただただ恋しい人の面影を思っては声を上げて泣くばかり……ということを言っているのであろう。

むろんこういう歌には、うるさいほどに修辞が張り巡らされていて、「夢」「臥し」「起き」は互いに縁語仕立てであるし、「ふし（節）」「呉竹」「ね（根）」も縁語、また「臥し」と「節」が掛け詞《ことば》となってもいる。

こういう作り方は、『源氏物語』などにも掃いて捨てるほど出てくる行き方で、今更なんの新しさもないのではあるが、しかし、彼女の人生をここに投影して味わってみると、かならずしも修辞ばかりで内容空疎な歌とも見られまい。

ここに「いめ人」として詠まれている人を、仮に亡き夫古肥だと考えてみるならば、この恋は、再び逢うことの決して叶わぬ人への哀しい恋心である。

淋しい草庵の夜、ざわざわと風に起き伏しする呉竹の葉擦《はず》れの音を聞きながら、尼はなかなか眠りをなさぬ。

もう現世の恋などはとっくに思い切っている。

けれども、あの優しかった古肥、不幸ばかり立ち続いた自分の人生のなかの、わずかな晴間のような、あったかい家庭の味を味わわせてくれた良人《おっと》の古肥、その人にせめて夢でなりと再会して、積もる思いを語り合いなどしたいと、哀しい尼はどれだけ思ったことであろう……。

そんなことを考えながらこの歌を舌頭《ぜっとう》に転がしてみると、惻々《そくそく》として胸を打つものがありはせぬか。

薄倖の人大田垣蓮月尼の、凜乎《りんこ》としてなお優しい心のありようが、こういう歌どものなかにそこはかとなく読まれるような気がするのである。

殷富門院大輔《いんぷもんいんのたいふ》

大治五年（一一三〇）頃～正治二年（一二〇〇）頃
平安時代末期から鎌倉時代初期の歌人。藤原信成の娘。後白河院の第一皇女殷富門院（亮子内親王）に出仕。俊恵《しゅんえ》主催の歌林苑《かりんえん》の一員。藤原定家・西行らと交流。『千載和歌集』以下の勅撰集に六十三首収録。『殷富門院大輔集』がある。

教養豊かな博士家の血筋

西行や、源三位《げんざんみ》頼政《よりまさ》や、藤原定家らが、それぞれの歌の世界で気を吐いていた頃、のちに殷富門院大輔と呼ばれる女房歌人もまた、独特の情調を持った歌どもを吐いては、当時の歌人たちの注目を集めていた。

この人は、従五位下《じゅごいげ》藤原信成《ふじわらののぶなり》を父とし、式部大輔《しきぶたいふ》菅原在良《すがわらのありよし》の娘を母に持つ。この在良の叔母は、かの『更級日記《さらしなにっき》』の作者菅原孝標女《すがわらのたかすえのむすめ》であり、在良自身も代々の漢学の博士家《はかせけ》菅原家の当主として鳥羽院の侍読《じとう》を勤めた人である。しかも在良の学才は和漢を兼ね、『在良朝臣集《ありよしあそんしゅう》』を残したほどの歌人でもあった。

殷富門院大輔という通称は、この祖父在良の式部大輔に由来するのであろう。

また父信成の従兄弟に当たる憲定《のりさだ》という人は、頼政の娘を妻としているのであるから、その姻戚関係を以て、頼政もまた近しい人として認識されていたものと思われる。

さらに、大輔の兄弟たちには、仙実《せんじつ》、信全《しんぜん》とて、比叡山の僧となった者が二人あり、在良の息子たちのなかにも、律師俊源《りっししゅんげん》、法橋俊永《ほっきょうしゅんえい》とて二人の僧がある。

『殷富門院大輔集』には、釈教の歌が夥《おびただ》しく、彼女自身仏教帰依《きえ》の心がけ深く、後半生は出家して尼として暮らしたというようなことも、こうした近親の僧たちの影響によるところが大きかったのであったろう。

ともあれ彼女は、そういう教養豊かな、また文雅の横溢《おういつ》する家庭環境に育って、長じては後白河院の皇女亮子《りょうし》内親王に出仕したが、この亮子は、かの式子《しきし》内親王の同母姉であって、夙《はや》く伊勢の斎宮《さいぐう》に任ぜられた。

そうして斎宮を退いてからは皇后宮《こうごうぐう》の称を受け、のちに出家して殷富門院と呼ばれた。

大輔は、亮子の斎宮時代から殷富門院時代に至るまで長く仕えたが、女院《にょういん》よりも十六年早く正治《しょうじ》二年（一二〇〇）頃に、七十歳ほどの高齢で没したと見られる。

以上は『殷富門院大輔集全釈』解説で、森本元子さんの教えるところである。

エロス的恍惚と冷徹なしたたかさ

さて、この人の歌で、最もよく知られているのは、かの『百人一首』の、

みせばやな雄島《をしま》のあまの袖だにも

ぬれにぞぬれし色はかはらず（九〇）

という歌であろうと思われる。

まず冒頭に「見せばやな」と歌いだす。

なにを見せたいというのであろう、まずそこに興味が引かれる。

かの陸奥《みちのく》の歌枕《うたまくら》雄島の海士《あま》がどうしたというのであろう、と思っていると、海士だから潜《かず》きをして、その袖は濡れに濡れるであろう、と歌い続ける。

ふむふむ、海士の袖は濡れるよなあ、とその濡れた袖を想像させておいて、しかし、

「毎日何度も何度も濡れる海士の袖だって、乾けば別に色変わりはしませぬに……」

と口説きかけるのだ。

つまり、あれほど濡れる海士の袖だって色は変わらないのに、私の袖は、こんなに色が変わってしまっています……それを酷薄なあなたに見せたいわ、と突きつける心である。

なるほど、「見せばやな」と倒置法を使って、一種謎めいた歌い出しから、海士の袖を引き合いに出しつつ、自分の袖は、涙も涙、血の涙に濡れたから、こんなに色が

変わってしまいました……それを見せてやりたい、と言い切ったのである。

血の涙という発想自体は一つの文学的修辞で別に目新しくもないが、こうして「見せばやな」と突きつけてみせた語調の強さが、いかにも面白い。

もう少し、この人の恋の歌を読んでみよう。

あかざりしにほひのこれるさむしろは
ひとり寝《ぬ》る夜もおきうかりけり　（一二三）

この歌は「移り香《が》に増《まさ》る恋」という題で詠まれたものであるが、この時代の公家社会では、香りは非常に大切な魅力要素であり、また香《こう》の匂いは男のアイデンティティでもあった。

まず「飽かざりし匂い」とは何か。

この「飽かざりし」という言葉は大切な恋愛語彙《ごい》の一つで、男が女の閨《ねや》に通ってきて、嬉しい切ない逢瀬の一夜を過ごす。その時、男は欲望を遂げてすっかり満足して帰るのが普通だが、女はそうではない。一夜を抱かれて寝たその暁には、なんとかしてもっと恋しい男と一緒にいたいと思う、そこに女心の切なさがある。だから逢瀬の後の暁には、いつだって女は「飽かぬ思い（どこか満たされぬ思い）」に身を焦がすのである。

これは男女のセクシュアリティの違いだから、永遠に解決するはずもない温度差の問題なのだ。

しかし、明るくなってから帰るのは人目に立って浮き名を立てられる元となるのだから、男は真っ暗なうちにさっさと帰っていくのが見識であった。

すると、女は昨夜の恋の余韻に浸りながら、満たされぬ思いに懊悩《おうのう》せずにはいられないのであった。これが「飽かざりし」思いである。

が、その男は帰ってしまったけれど、男の香の匂いは、閨《ねや》のうちに濃厚に残っている。「さむしろ」というのは、今のことばでいえば敷き布団とでもいうところだが、この時分にはまだ今のような敷き布団はなく、藺草《いぐさ》などを編んだ筵《むしろ》を敷いて寝たのであった。

この筵は、つい最近恋しい男がやってきて二人睦みあった筵である。

そこに男の移り香がまだはっきりと残っている。

そうして、一人で寂しく寝ている時にも、その匂いが筵から立ち上って女の鼻を穿《うが》つのだ。そのたびに女は、男の肉体をそこに否応なく想起して、なんだかいたたまれない思いに駆られるのである。

ところで、『源氏物語』などを読むと、男が通ってきて一夜をともにした翌朝、女は疲れ果てたのと房事《ぼうじ》の余韻とのために、よう起きられないということがある。

いま女は、一人寝を託《かこ》っているのであるが、いかんせんその筵はこないだ男と睦み合った寝床であった。その移り香を嗅ぐと、なんだか房事の後の飽かぬ思いが彷彿とよみがえって、今は一人だからさっさと起きてもいいはずなのに、まるで房事の後の後朝《きぬぎぬ》のように起きがたい思いがする、というのである。同時にまた、この筵から起きると、なんだか懐かしい男と別れてしまうようで、どうしても起き離れがたいという思いがするという含意もあるのであろう。

なかなか真率なエロスの世界が、ここには描かれているではないか。

女にしか味わい得ないエロス的恍惚、男の私がうらやましく思うのは、こういう情感、こういう歌境をものしうる女の心と体の愛《かな》しさである。

また、次のような面白い歌もある。

歌題は「人と寝て人を恋ふといへる事を」とて、じつに珍しい題である。

この題の寓するところは、Aと寝ていながらBを恋う、ということである。もとよりあちこちに恋人のいた男たちには珍しくもない感情であるが、女にとっては、Aという男に抱かれながら同時にBという男を恋しく思うというのは、かなり思い切った恋情のありようであったろう。

で、その歌というのは、

おもはずにかさぬる袖をかへしつつ
夢のうちにもあひ見てしかな　（一三〇）

というのである。

「思はずに重ぬる袖」というのは、必ずしも思いの深からぬ男と同衾《どうきん》して睦言など交わしているということにほかならぬ。

この時代には、女の力などまことにひ弱なものであったから、特に恋しているのでなくても、男が無理無体《むたい》に通って来れば、どこまでも否《いな》み続けることは難しかったであろう。

そうやって、とりたてて恋情がなくとも男と閨をともにせざるを得ないことが珍しくもなかったのだ。で、思いも懸けぬ男と寝ながら、その心のなかでほんとうに恋しい人のことを思っている。

まず、そういうことは、今の女性にだって、たぶんないことでもないのではないか。その心の外《ほか》の男と体を重ねて……それを袖を重ねると表現しているのだが、その袖を「返しつつ」寝ると、せめてその夢のうちに恋しい人に逢える……いやその夢の逢瀬を遂げたいと思って、女は男に気取《けど》られぬように、ひそかに「袖を返す」のである。

この「袖を返す」というのは一種の呪術で、そうすることによって、恋しい人と夢で逢えるというおまじないであった。たとえば、

　　いとせめてこひしき時はむばたまの
　　　夜の衣をかへしてぞきる

という小野小町の歌（『古今集』554番）なども、この呪術を歌っている顕著な例だが、この呪術の歌は『万葉集』以来じつはいくらも類例がある。

では実際には、それはどういうおまじないであったかというと、これは夢のなかで浮遊する魂を、わが夜の衣のなかへ招き入れる招魂呪術でなくては意味がない。

昔は掛け布団などというものは存在せず、ただ衣を被って寝たのであるから、その肩口に当たる左右どちらかの袖を、ちょいと折り返して、「さあさ、恋しい人の魂よ、ここへ入ってくださいな」と呼び招く心を形で見せるのでなくては呪術の意味がない。

そうすると、この歌の歌っているところはこうだ。

いま、こうして女は心に染まぬ男に抱かれている。

けれども、その心のなかでは、せめて夢でなりとも本当に恋しいあの方に逢いたいと思うから、同衾《どうきん》している男に気づかれぬように、その掛けている夜の衣……つまり男と体を重ねている衣の肩先の、その袖のところをばそっと折り返して、どうぞあの恋しい方の魂が私の夢に来てくれるように祈っている、ということである。

じつにしたたかで、恐ろしい歌ではないか。

また、こんな恐るべきことを平然と歌に詠んでみせるその心の勁《つよ》さはどうだろう。凡庸な歌人には、とうてい及び難《がた》い歌境であるに違いない。

またこんな歌もある。

　こひしきもうきも知らする君になど
　　なげかぬことをならはざりけん　（一四二）

まだ世の憂さも悦びも知らなかった私に、恋をするというのはどういうことかを、無理矢理に知らせてくれたあなた……ということは、初めて体の悦びも心の歓びも含めて恋の秘義を教えてくれた男のゆえに、自分は恋の懊悩ばかりをするようになってしまった……とまず述べる。

その上で、ならば、どうして私は、その喜びも苦しみも教えてくれた恋の師匠のような男に、こんなにも嘆かずにすむ方便をも習っておかなかったのだろう。

恋の甘さと辛さを二つ乍《なが》ら知り尽くしながら、それでいて、嘆かずにすむ方法も教えてほしかったと、きわめて思弁的に歌いかける、この理知的で醒めたものの見方は、一三〇番の歌にも通ずるところがあるように見えるこの人の独特の世界で、あるいは博士家の血筋、仏教的思弁など、その人格形成上の閲歴がこういう冷徹でしたたかな歌を詠ませているのかもしれない。

こういうヒヤリとするような歌を次々と詠みいだしつつ、当時の宮廷歌壇の中枢にあった殷富門院大輔という人、さていったい実際にはどんな女性だったのであろうか、げにも興味津々、ぜひ一度会ってみたい気がするのである。

『万葉集』の「東歌《あずまうた》」に見る千古不易の女心

「うた」の、大切な部分の一つは、文字どおり朗々と歌いあげる「SONG」としての機能である。

昔の人は、紙に書いた「文字」を読むという形で歌を味わったのではなかった。歌うのは、いつも朗々と声にだして、音楽的に歌い交わしたのである。

『万葉集』には、巻十四に、「東歌《あずまうた》」として集められた一群の歌がある。

これは文字通り東《あずま》、すなわち東国の鄙《ひな》びた歌どもを採集して、ここに載せたものであるが、その多くは民謡というべきもので、作者などを云々すべきものではない。しかし、こういう民謡的な謡い物のなかにこそ、日本人の日本人たるセンティメントがこもっていて、かぎりなく懐しい思いがする。

稲《いね》搗《つ》けば　かかる我《あ》が手を　今夜《こよひ》もか　殿《との》の若子《わくご》が　取りて嘆かむ（3459）

おして否《いな》と　稲《いね》は搗かねど　波のほの　いたぶらしもよ　昨夜《きそ》ひとり寝て（3550）

この二首は、並べて考えてみることにしよう。どちらも「稲搗く」というのがキーワードになっていて、いわば同じ発想に立つ歌だからである。

まず、3459番の歌。

稲を搗いているのは、どこか土地の豪族のような人の屋敷に使われている下働きの女である。ここで「かかる我が手」といっている「かかる」は、漢字で書けば「皸《かか》る」というべきことばで、「あかかり」「あかがり」などと一類のことばであろう。今のことばでは「あかぎれ」というのに当たる。

お屋敷のお嬢様やらお内儀様やらは、冬の水仕事などしないし、寒い風にも当たらないよう真綿でくるまれたように暮らしているので、手などもきっと白魚のように白くツルツルしていたであろう。しかし、下働きの女ともなると、冷たい水に手を浸けての仕事もあり、寒風に吹きさらされることもありで、霜焼けやあかぎれなど、日常茶飯のことであったにちがいない。

それでは、そのあかぎれの切れた手を、この娘は嘆いてこの歌を歌っているということであろうか……ついついそんなふうに思いがちだが、いやいや、そうではない。

そのあかぎれの切れた手をば、今夜もきっと、そっと忍んで来たお屋敷の若様が、やさしく手に取って、「かわいそうに、あかぎれが切れてしまって、ああ、よしよし」と撫でさすって可愛がってくれるだろう……とまあ、そういうことを歌っているので、なかなか隅には置けぬ。

つまり、この労働の勲章のようなあかぎれを仲立ちにして、彼女は、恋しい若君のお忍びを言挙げしているのである。まあ、自慢話のようなものだ。いいかえれば、いかに自分が、男心を惹きつける魅力的な女であるかを言い立てているわけである。

つぎに、3550番の歌。

この歌については、解釈はほんとうにさまざまあって、なお定説とすべきものを得ないのだが、私は、契沖の『万葉代匠記』の説に「これはいやしき女のもとに男のきたる時に、すこしうらみてよめるなり。……もろともにはやくねむといふを猶すまひていねをつきてをる心なり」と説かれているのが、いちばん腑に落ちて感じられる。

それはこういうことである。

農家の女のところへ、男が通ってきていたが、どうかして心の行き違いでもあったのであろう。まあ恋人といっても、男女《おとこおんな》の間には、時に避けられない心の掛け違いが出来《しゅったい》する。それで、「おして否と」というのは「思いを押し殺して、いやですと言って」というほどの意味で、「そうやってやせ我慢をしながら、そっぽをむいて稲を搗いていたというわけでもないのだけれど、まるで海に波が立つように、心が揺れ惑うていります……結局独り寝をすることになってしまって」という心であろうと、私は考える。仮に口語訳をしてみると、こんなことになろうか。

「強いて『いやです』というつもりで、しらぬ顔して稲を搗いていたというわけでもないのだけれど、ついには海に波が立ち騒ぐように、心が騒いでしまったわ……結果的に昨夜は、とうとう独り寝をすることになってしまって」


さて、こういう歌には、裏の意味がある。

すなわち、この二首には「稲搗く」という行為が共通の主題として詠み込まれていることに留意したい。この時代には、稲籾《いなもみ》は精白せずに籾のまま保存しておいた。そうして使うときに、都度《つど》、木の臼に入れて、長い杵で搗いて搗いて精白したものであった。古代の銅鐸などにも、そういう作業の絵柄が残っている。そこで、臼の凹みめがけて、丸く太い棒で突いて突いて籾を脱するのだから、その動作は、しごく当然のように、男の「杵」が女の「臼」を突くという、性行為を連想させるものとして意識されてきた、そういう歴史があるのである。

民俗学者の宮本常一さんの名著『忘れられた日本人』のなかに、つぎのような記述を見る。

「女たちのこうした話（筆者注、性的な話）は田植の時にとくに多い。田植歌の中にもセックスを歌ったものがまた多かった。作物の生産と、人間の生殖を連想する風は昔からあった。正月の初田植の行事に性的な仕草をともなうものがきわめて多いが、田植の時のエロばなしはそうした行事の残存とも見られるのである。そして田植の時などに、その話の中心になるのは大てい元気のよい四十前後の女である。若い女たちにはいささかつよすぎるようだが、話そのものは健康である

こんなふうに見ていくと、この東歌の背後にも、〈杵で臼搗く＝男女の交わり〉という隠喩《いんゆ》が見て取れる。

つまり、これらの歌は、真剣に恋を歌っているのではなくて、むしろ哄笑裡《こうしょうり》に、かかるエロス的な歌を歌い交わして、たのしく稲作に従事した、往昔の御先祖がたの、のどかで大らかな心のありようが透けて見える。これらの歌も、そんな風にして、酒など飲みながら、やんやと歌って、笑いさざめいた愉快な民謡であったに違いないのである。

昼解《ひると》けば　解《と》けなへ紐《ひも》の　我《わ》が背《せ》なに　相寄るとかも　夜解《よると》け易《やす》け（3483）

この歌は、ちょっと訛っているので、やや意味をとりにくいところがあるが、まず

そこから説明しておこう。

まず、「解けなへ紐の」は、「解けぬ」というのを東国訛りで「解けなへ」と言ったもので、こういう方言をそのまま書き写したところに、東歌の味わいがある。これはたとえば秋田の民謡の秋田音頭のようなものを東京ことばの発音で歌ったら、さっぱり味わいが消えてしまう。沖縄民謡だって、内地語（ヤマトグチ）で歌うと味わいが半減し、沖縄語（ウチナーグチ）で歌うのを聴くと涙が出る、というような機序から、大和政府の中央で編まれた『万葉集』にも、各地の方言を採集して「鄙《ひな》の風流」とした東歌があったというわけである。同じように、「夜解け易け」というのも方言を写したもので、意味は「夜解け易き」ということである。

この歌は、その方言さえわかってしまえば、意味を把握するのはむずかしくない。

つまり、

「昼間にほどこうと思ってもなかなかほどけない衣の下紐が、私の愛しい人に今夜は逢えるという前知らせでしょうか、夜になったら簡単にほどけてしまったわ」

というところである。

この「紐解く」ということの意味を、ちょっと確認しておきたいのだが、これは紐ならなんでもよいというわけではない。衣の内側あたりの秘密の場所に、そっと紐を結んでおく習俗があったのである。
同じ東歌のなかの、3426番、陸奥《みちのく》の歌の一首に、次のような歌がある。

会津嶺《あひづね》の国をさ遠《どほ》み逢《あ》はなはば偲《しの》ひにせもと紐結《ひもむす》ばさね（3426）

これは「会津の国は遠いから、簡単には逢うことができません。だから、私を偲ぶよすがとして、紐を結んでいってくださいね」というほどの意味で、そうやって遠国へ旅立っていく夫の衣のどこかに、二人だけの秘密の紐を結んで行ったのである。

こんな歌と、いまの「昼解けば」の歌の歌っていることの本質は同じである。この紐の結び目に、恋の真心が封じ込めてあるのである。

むかしの日本人は、「結ぶ」「結う」ということに、大きな意味を感じていた。あの「おむすび」というものだって、あれは単なる飯の塊《かたまり》なのではない。そこに作った人の魂を結びこめてあるのである。つまり、心のこもった米の塊なのだ。それと同じように、たとえば、恋人や夫が遠くへ旅に出るというような場合、その夫の衣の内側あたりに、妻がそっと紐を結んでおいたのである。そうして同時に心を込めた「お結び」くらい持たせたかもしれぬ。この「結ぶ」「結う」という行為は、そこに自分の魂を分割して「結びこめる」という、一種の鎮魂呪術であって、それがいたずらに解けたら、不吉なことが起きると恐れたのである。

そうして、男は夜にならないと女のもとへは通って来ないのが、昔の日本人の約束事であったから、その昼間には紐はしっかりと結びついていて、女がほどこうとしても簡単にはほどけなかったのである。でも、だんだん日が暮れて夜になるころには、さしもしっかりと結んであった紐が、あれれ、ふっと簡単にほどけてしまった……ということは、すぐそこに男が来ていて、だからもう呪術としての封じ目が切れて紐が解《と》けたのだろう、と女はついついニッコリとしている、そういう風情である。恋しい人がもうすぐここに来てくれる、と思ったら、女はいてもたってもいられないような嬉しさを感じる。つまりはこの昼解けない紐が、夜になって解けたのは、「あの人がそこまで来ている」と感じたからなのであろう。なんだか純真な恋心が感じられて、ホッとさせられるような歌である。

これもしかし、この歌が民謡だと思ってみると、たとえば「歌垣《うたがき》」というような宴会の場で、なにやら「これから忍んで逢いに行くからなあ」というような歌を歌いかけてきた男に、女が、こんな歌で返したと想像してみると、そしてたとえば、それが妙齢の乙女ではなくて、もう貫禄も充分なおかみさんが色気満点に腰を振り振り歌ったとでも仮定したら、こんどは満場の哄笑をさそったことであろう、とそんなことも想像してみると一段と面白い。

青柳《あをやぎ》の　張《は》らろ川門《かはと》に　汝《な》を待つと　清水《せみど》は汲《く》まず　立ち処平《どなら》すも（3546）

ゆるゆると春風の吹く川辺の景色を、まず思い浮かべていただきたい。その岸辺には、いまや浅緑に若々しい芽を吹いた柳の木が立っている。「張らろ」というのは、万葉仮名の本文では「波良路」と書かれているので、読みは「はらろ」と読むほかはない。これもおそらく当時の東国の方言を写しているので、標準的な形で言い換えるならば「はれる」というのに当たるであろう。

糸のように細くしなやかな柳の枝に、ポツポツと若芽が吹き、やがてそれが膨らんでくる、つまり「張れる」ようになったこの「川門」に、とここまでのところで、穏やかな春の川辺の景色が浮かんでくる。

この「川門」というのは、文字通り川辺の門で、つまりは船着き場のことだと考えられている。

そこで「汝《な》」を待っている……というのは、その船着き場に小舟を操ってやってくる男がいるのであろう。いつだって女は、男が通ってくるのを待っているのだ。ただ、この歌の好いところは、それがお決りの「夜になって忍んでくる男」ではなくて、春霞朧々たる昼間の岸辺に堂々とやってくる、その景色にある。

水を汲みに川へ行くのは、女の役目であった。おそらく大きな瓶などを頭に載せて、春風に吹かれるように女は水汲みにやってきたのであろう。……いやいや、水汲みに来たというのは建前で、その実は、その日、その船着きにやって来るという約束をした恋人の男が来るのを、水汲みを口実に迎えに来たのであろう。

だから女の気持は、もう恋人の舟が来ないかなあという思いでいっぱいになっていて、水汲みどころではないのだ。川上のほうへ行ってみたり、川下のほうへ辿ってみたりして、川面に目を凝らしているのだが、男の舟はなかなかやってこない。

いつの間にか、水汲みに来たという建前などそっちのけになってしまって、その岸辺の地面を往復して平らに踏み均《なら》してしまったよ、という歌なのである。

「セミド」というのも、「しみづ（清水）」の東国訛りに違いない。

こういう歌も、たぶん民謡で、その水瓶などを採《と》り物にして、腰つきも柔らかに、行ったり来たりする所作を踏まえながら方言も朗らかに歌ったものかもしれない。そうして、「水汲みなんか忘れてしまって、ほーらすっかり地面を踏み均してしまったものじゃ」などと歌って、やんやの喝采を博したものかもしれぬ。じつに川辺の春景をのびのびと描写しながら、その駘蕩《たいとう》たる恋の気分を見事に歌いなしたものだと、万葉人たちの、のどかな心のありようを、うらやましく思うのである。

丸山宇米古《まるやまうめこ》

天保十四年（一八四三）～大正十年（一九二一）
明治・大正時代の歌人。常陸笠間藩藩医棚谷元善の娘。外務官僚にして歌人の丸山作楽《さくら》の妻。丸山梅子とも。夫作楽が長崎五島の獄で服役中、長崎女学校教師を務める。

忘れられた明治の女性歌人

この人については、今ではあまり知られていないかもしれない。けれども、明治時代の女性歌人として見たならば、その歌風の真率なるところに見るべきもののあった一人であった。

宇米古は、常陸国笠間藩の医官であった棚谷《たなや》桂陰《けいいん》（元善）という人の息女で、その母は久貝氏《くがいうじ》貞子といった。両親と共に江戸に移ってから、藩主牧野侯の奥に仕え、名を貴美子と改めたが、明治三年、二十七歳にして外務官僚にして歌人でもあった丸山《まるやま》作楽《さくら》と結婚して、宇米古と名乗った。

おそらく夫がサクラ（桜）なら、匹偶《ひつぐう》するにウメこそ善《よ》けれと思って、「梅子」を名乗りとしたのであったろうと思われる。

その作楽は、もと島原の藩士で維新の際には勤王の志士として活動し、新政府では明治二年に神祇《じんぎ》官権判事《かんごんのはんじ》として出仕《しゅっし》、すぐに外務大丞《がいむだいじょう》に任ぜられて樺太《からふと》に出張、対露交渉にあたったのち、明治三年に帰国して対露積極対抗策を建言したが容《い》れられず、ついには征韓論の一派に与《くみ》してまた斥《しりぞ》けられ、明治四年に反乱を企てた廉《かど》で免官の上、終身禁錮の刑を以て長崎五島の獄に投じられるところとなった。

すなわち、宇米古は、新婚一年にして大罪人の妻となったが、夫の服役中は自らも夫の投獄されている長崎に赴いて長崎女学校の教師となったことからすれば、凜とした心を持った賢夫人であったらしく思われる。

夫は、やがて明治十三年に恩赦を以て釈放され、その後は宇米古と共に『明治日報』という新聞を創刊して民権運動に対抗し、やがて福地源一郎と組んで立憲帝政党を起こし、ついには元老院議員、貴族院勅選議員にまで昇った。

宇米古の家集として『雪間乃宇米《ゆきまのうめ》』（大正十一年序）が知られているが、『女人和歌大系　近代前期編』の解題によれば、「夫六十歳で没したのち持病に喘《あえ》ぎつつ屋外に出ることなく没した」とある。

そうして、大正十年七十七歳で世を去り、家集はその没後に、坂正臣《ばんまさおみ》という人によって編集公刊されたものである。

さて、その宇米古の詠草を縦覧してみると、かならずしも個性豊かな什《じゅう》に富むというわけでもなく、類型的な詠みぶりのものが多いことは事実であるが、さるなかにも、たとえば、

日にそへて青葉涼しきなつやまは
　春にもまさるけしきなりけり

という歌などは「首夏《しゆか》」と題された一首であるが、春が終わって、満山新緑に覆われていく夏山の、鬱陶《うっとう》しいまでに咲く花にまさって涼しげな若葉の爽やかな美しさを素直に詠みとっていて好ましい。とくに秀歌というのでもないが、なんとなく奥ゆかしい人柄が偲ばれるとでもいうか、そういう良い感じが、この歌にはある。

さきのこる枝もやあると尋ね入れば
　夏めづらしき山さくらかな

これも同じように、初夏の山の景色で、

「おや、こんなところに、まだ山桜が咲き残っていた」

という小さな感動をそのまま詠んでいて、こんな思いは、たしかに私自身にも覚えがある。

そうして、ソメイヨシノのあの暑苦しい花ざかりにくらべると、こうして誰に見せるでもなく、山深くかそけくも咲く山桜のよろしさは、私も愛惜することただならぬものがある。

真率な歌風

さて、この人の恋の歌であるが、たとえば、

我恋は木の間より洩るゆふづきの
ほの見しかげの忘られぬかも

というような詠みぶりが主流となっていて、この歌の背後には、『古今集』秋上の、

このまよりもりくる月のかげ見れば
心づくしの秋はきにけり

(樹々の間から漏れてくる月の光を見ると、ああ、物思いに心を砕く秋がきたなあと分かる)

という歌が意識されていることは明白である。

こういうのは『万葉集』式に申せば、「寄物陳思《きぶつちんし》」という発想に立つもので、いずれ類型を出るものではない。

すなわち、大意は、

「私の恋は、たとえば木々の間から洩れてくる夕月の影のごとく、ちらりとしかあなたのことを見ることはできなかったけれど、そのちらりと見た面影が忘れられないのです」

というところである。

明治の女として、そうそうおおっぴらに男の姿を見ることもできなかったあえかな恋を、こういうふうに歌ったのである。

ただし技巧的なことを申すならば、上の句は下の句の「ほの見し」を導くための序となっているのであるが、それでもいくばくの写実的叙情味がないでもない。

これは「寄月恋《つきによするこい》」という題による題詠歌であるが、もしかすると実際に夕月を嘱目《しょくもく》しての詠《えい》であったかもしれない。

ただ問題は、こういう恋の歌に、どれほど実際の恋の存在が関与していたかどうかというところで、いわば机上の空論として、伝統にしたがって恋歌を詠み出したという感じが、どうしても拭いきれないのである。

また、「独寐恋《ひとりねのこい》」と題した、こんな歌もある。

我背子《わがせこ》もかくやわぶらむ独寐は
　二人わびしきものにぞありける

どういう状況で詠まれた歌かが分からないので、やや隔靴掻痒《かっかそうよう》の感があるけれど、女が独り寝の床に眠られずいて、その孤閨《こけい》の寂しさを託《かこ》っているのであろう。けれどもひとつの救いは、この侘びしさは自分だけではない、きっとあの人も、同じように独り寝の寂しさに輾転反側《てんてんはんそく》しているに違いないと想像して自らを慰めているところにある。

そうして独り寝は、自分一人だけが侘しいのではなかった、遠く離れた二人が、二人とも侘しい思いに苦しんでいるのだったわ、と自らに言い聞かせている。逢えぬからこそ恋は甘く、また苦しい。その苦しみのなかに恋の味わいがあることを、じつはこういう歌が教えるのである。

この歌については、序文で、坂正臣が、

「一首絶妙とたたへつべし。独寐恋と題詠めかしてあれど真情の流露せること疑ひなし」

と絶賛しているのを見る。

この独り寝の侘しさは自分一人でなくて二人とも侘しいのだったと発見する詠みぶりは、どこか京極派風とでもいうべきか、ちょっと新しい把握のしかたのように思われる。

もしこの歌が夫の投獄中に詠まれたものであったとしたら、それはまた全然ちがった真実味を以て味読され得るであろうけれど、歌集のなかでの歌の配列を見る限りでは、どうもそうではないらしい。

投獄中の歌は、下述の「夫のめし人《うど》となられし時」以下、「夫の入獄中述懐」というところにまとめて配置されているからである。

夫投獄中の孤独憂愁

しかしながら、なんといってもこの人の詠草のなかで、もっとも滋味掬《じみきく》すべきものがあるのは、夫作楽の投獄中に詠まれた一群の詠草であろう。

夫のめし人《うど》となられし時
いまさらに何をか言はむ浮雲《うきぐも》の
かかるならひもある世なりけり

夫作楽が投獄された時、その不安な憂《うれ》わしい気持ちをごくごく素直に詠んだのがこの作で、そのふわふわと落ち着かない気持ちを「浮雲」の一語に込めたのである。そうして同時にそれは「憂き雲のかかる」というふうに掛け詞《ことば》となって二重に作用しつつ下に続き、憂愁の雲が夫の身の上に降りかかったということを暗示し、また「かかるならひもある世なりけり」、つまり「こんな出来事もあるのがこの現世というものなんだわ」と、なおも掛け詞を重ねて、自問し詠嘆している、それがこの歌の心であろう。かなり複雑な技巧を凝らしながらも、苦しい心事を真率に歌い上げて、しかもどこかに強靭な精神を感じさせるところが、この歌の手柄である。

高輪にて別るる時よめる
あはれいかに外国《とつくに》までも言《こと》通ふ
すべのある世にたよりなき身は

この歌には隠れたる筋とてもなく、外国までも電信や船便やで文《ふみ》を通わすすべある文明開化のこの世に、もはや獄《ひとや》に幽閉されようとする夫とは、自由に言葉を交わすすべとてもない、いまはもう誰を頼りにすることもできぬ天涯孤独の身となってしまったと、その不安をまっすぐに詠んでいる歌である。

おそらく長崎五島の獄に収監される夫を、高輪まで送って行った、そのときの離別の歌らしく思われる。

この次に、「夫の入獄中に」と題された連作六首があるのだが、そのなかには、

わがやどは春過ぎしより夏草の
　しげるのみにて訪《と》ふひともなし

いかばかり嬉しからまし吾背子《わがせこ》と
　はつほととぎす共にききなば

庭もせにただ青葉のみ茂りつつ
　ながめしはなのおもかげもなし

というような作が見える。

夫と二人で暮らしていた家には、それまでは新政府の顕官であったことゆえ、訪れる人も多くあったのであろう。それがひとたび獄につながれた囚人の家と変じてののちは誰一人訪ねてもこなくなった。そこに紙のように薄い人情が点綴《てんてい》される。

されば、かつて人の踏み固めた道も、いまはもう草ぼうぼうとなってしまった、その孤独憂愁の陰に、当然遠い獄屋《ごくや》の夫が偲ばれているのである。だから、時あたかもホトトギスが来鳴いたけれど、夫がいた時分には、彼もまた歌人であったことゆえ、きっと二人でホトトギスの声を待ちつけて歌など詠んだりもしたのであろうけれど、今はそんなことも叶わぬところとなった。

春といい夏といい、この欠落感が宇米古を悲しませる。

そうして、広かった庭も狭苦しく感じるほど、庭の樹々は青々と枝を伸ばし茂らせて、ついこないだ夫と二人で眺めた花の面影とてもない。

こういう詠草には、夫を思い、孤独を託《かこ》つ妻の真情がしみじみと表れていて、心惹かれるものがある。

去にし年迎へられし日となりにければ
去年《こぞ》の今日とひ来し君をおもひねの
ゆめの枕にしぐれ降るなり

かくて一人寂しく日を送るうちに、去年の今日、妻として迎えられた日、今風に申せば結婚記念日が巡ってきた。けれども、その嬉し恥ずかしい思い出もまだつい昨日のようであるにもかかわらず、愛する夫は終身禁錮という果てのない日々のなかに沈《ちん》淪《りん》している。それを思うと、あの新枕《にいまくら》の夜を思い出すにつけても、いまは恋しい人は夢よりほかに逢うすべもない。

たまさかにその夫を思いながら寝た夜、夢に夫を見て、はっと目覚めると庭に寒々とした時雨が降っていた……ああ夢であったかと想うにつけて、わが枕には涙の時雨が降る……ということを、これもしんみりと詠んでいる。

この一首に続いて、「夫の入獄中述懐」という題のもとに、十首の連作がある。そのなかから、少し拾うてみようか。

ともすれば我身のみこそ歎かるれ
　世は憂きものと思ひながらに

世の中というものは、誰にとってもおしなべて憂きものであるに違いない。かの『源氏物語』の夕顔に、

　空蟬《うつせみ》の世はうきものと知りにしを
　　また言の葉にかかる命よ

（蟬の抜け殻のようにうつろなこの世、それは辛いものだと私は、あなたとのことで思い知りました。なのに、今お見舞いくださったお言葉を頂戴して、これよりはこのお気持ちを頼りに生きてまいりましょう）

という歌があるごとく、「世は憂きもの」というのは一つの定型的発想であった。世の中は、誰にとっても憂き辛きものだと頭では理解しているが、ともすればこんな悲運に際会《さいかい》している我身ばかりを嘆いてしまう……でも、嘆きたいのは私ばかりではない、とくに獄屋のあなたこそ、もっと嘆きたいでしょうに……。

歌意はざっとそんなところであろうか。

明日しらぬ身をも長くといのるかな
君をふしまつ月の夜ごろは

この時分、人の命はほんとうに儚《はかな》いものであった。
概して栄養状態も悪く、運動も不足がちで、ともすれば結核やコレラなどで若死にしたり、あるいはお産であっという間に死んでしまうことも少なくなかったこの時代、とくに女性にとって「明日しらぬ身」というのは誇張でもなんでもない現実そのものであった。

そんな儚い我身でも、一日でも長く生きていたいと祈るのは、ひとえに遠い夫に逢いたいから……こうして孤閨《こけい》に臥《ふ》して君の帰りを待っていると、もうずいぶん夜更けになって少しばかり欠け始めた月がさし昇ってくる。

指折り数えれば、早くも八月十九日の夜、臥《ふ》し待ち月の頃おいであった……その月を待つ心と、いつ帰り来るとも知れぬ夫を待つ心とが重なりあって、ある切実さを感じさせているのである。

はるさめはいたくな降りそ
　わが夫《つま》のひとり獄《ひとや》に
　　わびやいまさむ

かくて、年も逝きまた明けて、春雨の降る頃になったのであろう。おそらく宇米古は、夫のいる五島に近い長崎県に住まいを移している。だから、この春雨は、きっと獄窓の夫のところにも降っているに違いない。ならば春雨よ、そうひどく降ってくれるな、私の夫は、あの獄屋に独り悲観して暮らしておいでだろうから……これ以上鬱々《うつうつ》とした思いにさせないでおくれ、という心であろうか。その夫から、稀々には手紙なども送られてきたらしい。

獄中より夫の送りし玉章《たまづさ》を見て
くりかへし見るに心のなぐさまで
　なほ袖ぬるるつゆのたまづさ

こういう歌いぶりには先蹤《せんしょう》があって、たとえば『源氏物語』紅葉賀《もみじのが》に、源氏が藤壺

への思慕を訴えた歌に、

よそへつつ見るに心はなぐさまで

露けさまさるなでしこの花

（若宮になぞらえながら見るけれど、ちっとも心は慰まないで、かえってあなたが思い出されては、こうして涙の露に濡れまさるばかりの、この撫子《なでしこ》の花でございます）

とあるのなど、その一典型である。こういう発想は、それこそ掃いて捨てるほどあるから、珍しくもないのであるが、とはいえ、実際に獄中の夫からの手紙は繰り返し繰り返し読んだのであろうし、読むたびに涙で袖が濡れもしたのであろう。

だから、宇米古自身は、この歌を形式的に詠んでいるのでもなくて、ひとつの真実の思いを込めて歌ったものと想像される。

なお「袖濡るる⇓露⇓露の玉⇓玉章」と縁語や掛け詞を重ね用いているのは、この時代の歌人に通有の類型的技巧というものであった。

つくづく憂し

苦節十年、やがて夫は恩赦放免となった。

夫が放免の恩命あり只ゆめのやうなりければ

むすぼれしこころの氷とけやらで
はるとも知らぬ春は来にけり

終身禁錮の重罪人が、十年ほどで許されて帰ってくるとは、にわかに信じがたいほどのこと、まさに夢のような幸いであったろう。

しかし、それだからこそ、ほんとうにほんとうに夫は許されて帰ってくるのであろうかと、半信半疑たらざるを得ない。その気持ちを素直に歌ったのである。

「鬱屈《うっくつ》した私の心はにわかに氷解するというわけにもいかず、まだ胸の氷は張るままであったけれど、それでもほんとうにいつの間にか春(はる)が来ていたのだ」

と歌の心は、そういうところであるが、すぐには喜べないで、ほんとかしらと我身を抓《つね》ったりする気分のうちに、じわじわと氷が融けるような嬉しさがこみ上げる、なかなか微妙なところをよく詠んだ歌である。

夫作楽翁みまかりける秋によめる

あはれさの弥増《いやま》す秋をくみしりて
つくつくうしと蟬の鳴くらむ

秋をさして「あはれさの弥増す」と感じるのは、既出の『古今集』の歌「このまよりもりくる月の……」の歌などの嘆じているところに依拠しているのであろうか、ともあれ、ただされ哀痛の気のいや増しになる秋の頃に、なお哀れさを重ね添えるように最愛の夫、長年連れ添って苦難を共にし、携えて社会運動にも邁進《まいしん》してきた丸山作楽に死なれた、その悲嘆は十分に想像しておかなくてはなるまい。

そんな哀切極まりない自分の思いを汲み知るかのごとく、蟬は「つくづく憂し」と鳴いているように聞こえたのである。

ツクツクボウシの、あの澄明でどこか寂しい鳴き声を、このように歌ったのは、技巧は技巧ながら、十分にまごころが感じられるではないか。

こうして、今はすっかり忘れられてしまっている明治の女性歌人の歌を、じっくり読み味わってみると、やっぱりなかなか捨てたものではないなと喜ばしく思えるのである。

昭憲皇太后《しょうけんこうたいごう》と貞明皇后《ていめいこうごう》

昭憲皇太后
嘉永二年（一八四九）～大正三年（一九一四）
明治天皇の皇后。左大臣一条忠香《ただか》の三女。幼名勝子《まさこ》。富貴君《ふきぎみ》と称し、のち寿栄君《すえぎみ》と改める。慶応三年女御に治定、翌明治元年入内、皇后宣下。美子《はるこ》と改名。明治天皇崩御後は「皇太后」の尊称を受ける。

貞明皇后
明治十七年（一八八四）～昭和二十六年（一九五一）
大正天皇の皇后。公爵九条道孝の四女。本名は節子《さだこ》。明治三十三年（一九〇〇）皇太子妃となる。昭和天皇および秩父宮雍仁《やすひと》・高松宮宣仁《のぶひと》・三笠宮崇仁《たかひと》各親王の生母。

日本の和歌の伝統

さて、これより近代の皇后がた、具体的には昭憲皇太后と貞明皇后の御製についていろいろと考えてみることにしたい。

が、最初から白旗を上げてしまうようで恐縮ながら、じつは近代の天皇がたにも、皇后がたにも、恋の歌というものは知られていない。

いや、じつは明治天皇にも、和歌のゆかしい伝統に則《のっと》っての夥《おびただ》しい恋の歌があったと伝えられているけれど、それらはいずれも秘匿されてしまっていて、目下のところ拝見することを得ない。

明治の天皇というものは、国家元首であると同時に、陸海軍を統帥《とうすい》する大元帥陛下《だいげんすいへいか》であったために、好《す》いた惚《ほ》れた、待つの恨むのというような軟弱なる恋の歌などあるべきでない、という政府元勲どもの野暮天的意向によって、明治十年頃に隠されてしまったと言われる。

現に、大正十一年に宮内庁蔵版として文部省から刊行された『明治天皇御集』には、ただの一首も恋の歌などないのだが、それは実は日本の和歌の伝統から見ればずいぶん異常なことであった。

あの『万葉集』の劈頭《へきとう》を飾る、

籠《こ》もよ　み籠持ち　掘串《ふくし》もよ　み掘串《ぶくし》持ち、この岡に　菜摘《なつ》ます子　家告《いへの》らせ
名告《なの》らさね　そらみつ　大和《やまと》の国は　おしなべて　我れこそ居《を》れ　しきなべて
我れこそ居れ　我れこそば　告《の》らめ　家をも名をも

という雄略天皇御製の長歌だって、あれは堂々たる「妻問《つまど》い」の歌であった。そうやって諸方の国の乙女たちを采女《うねめ》というような形で宮廷に召すことによって、ごく大雑把に言えば、古代の天皇は神霊的に国を統治していたのである。

武力による覇権的統治ではなくて、祈りの力と恋の力で平和的に国を治めていた、そういう非常に珍しい統治の形を象徴するのが天皇という制度であったのが、明治の時代になって、西欧的絶対君主制の模倣をするようになり、この美しい伝統が壊されてしまったのはまことに遺憾である。

明治天皇も大正天皇も、御製和歌にはなんともいえない「すめらみことぶり」の悠揚迫らざる風格と味わいがあり、庶民のこせこせとリアルな近代和歌とはまったく違う世界を見せてくださるのだから、その秘匿された恋の歌に、どんな佳什《かじゅう》があっただろうかと想像するだに、まさに切歯扼腕《せっしやくわん》の思いを禁じ得ない。

昭憲皇太后の恋歌一首

ただ、ここにほぼ唯一の例外が存在する。

それは、『女人和歌大系　近代前期編』に収められた『新輯《しんしゅう》昭憲皇太后御集』（明治神宮謹纂）という一書で、そこに、明治十三年の詠草として、

恋

時のまも身をばはなれぬ面影の
など鏡にはうつらざるらむ

という一首が収められているのがそれである。

明治十三年の詠《えい》で、どういうわけか、この年だけ四季の部立《ぶだて》のあとに「恋」という部立があって、ただ一首この歌が収められているのである。

「恋の部」の「恋の歌」がただ一首……なんという異様な姿であろうか。

もとより『万葉集』では、雑歌《ざっか》・相聞《そうもん》・挽歌《ばんか》というのが、歌の三大部立であった。

雑歌は、宮廷行事のさまざまな場合に歌われた歌というのが本来の意味で、「あれこれ雑多な歌」という意味ではない。そうして、相聞は、いうまでもなく恋の歌の贈酬《ぞうしゅう》を主とするもので、これがのちに平安時代以降は「恋」という部立に変遷してゆく。また挽歌は、死者に対する恋歌のようなものだといえばわかりがよかろうか。

また『古今和歌集』にあっては、まず四季の部六巻が来て、そのあとに、賀歌《がか》・離別・羇旅《きりょ》・物名《もののな》という部立を挟んで、恋歌が一から五まで五巻に亙《わた》って夥《おびただ》しく続くという構造をしている。

要するにごくおおまかに言えば、勅撰集は「四季と恋」を主題とする歌の集なのであった。

しかもその四季などの部立の巻々にも自《おの》ずから恋の思いを含むものがたくさん含まれるから、恋の歌のない和歌集というのはちょっと考えにくいというふうにさえ言い得るのである。

そうして、『後撰和歌集』以下の勅撰各集も、おおむねこの『古今和歌集』の姿を踏襲している。

ところが、明治の皇后昭憲皇太后の御集には、恋の部はただ「恋」という殺風景な題での一首があるだけで、あとは全くない。

しかもなお、同じ御集でも昭和四年に『明治天皇御集・昭憲皇太后御集』両書合刊の形で出た袖珍本《しゅうちんぼん》（内外書房刊）にも、また昭和十三年に刊行された岩波文庫本『昭憲皇太后御集』にも、この「恋」は削除されていて伝わらない。

そういう意味で、この恋の歌は、近代の天皇皇后がたの御製のなかで、唯一残された稀有の一作なのである。

歌の心には特に隠れたる筋もなさそうであるが、おそらくは、

「一分一秒だって、我が恋しい人のことを思わぬ時はない、いつもその人の面影は私の身に添うて離れぬのに、どうしてそれが鏡には映らないのであろう」

というほどの意味で、ここで面影に添うほどに恋しく思われているのはどこか遠くに行っている夫の明治天皇……だと、そのように解釈されているらしく思える。それでなかったら、こういう歌が御集に選ばれるはずもなかったに違いない。

この歌について想起されるのは、『源氏物語』須磨の帖に、

「御鬢《おほむびん》かきたまふとて、鏡台《きやうだい》に寄りたまへるに、面瘦《おもや》せたまへる影の、我ながらいとあてにきよらなれば、『こよなうこそ、衰へにけれ。この影のやうにや瘦せてはべる。あはれなるわざかな』とのたまへば、女君、涙一目《ひとめ》浮《う》けて、見おこせたまへる、いと忍びがたし。

身はかくてさすらへぬとも君があたり
　去らぬ鏡の影は離れじ
と、聞こえたまへば、
別れても影だにとまるものならば
　鏡を見ても慰めてまし
柱隠れにゐ隠れて、涙を紛らはしたまへるさま、なほ、ここら見るなかにたぐひなかりけりと、思《おぼ》し知らるる人の御ありさまなり」
（謹訳）「いままで女君と同衾《どうきん》していて寝乱れた鬢《びん》を掻《か》き撫《な》でようと鏡台に向かって見ると、そこには、すっかり面瘦《おもや》せした顔が映っていて、源氏は我ながらすっきりと美しいと思う。
『こんなに、すっかり衰《おとろ》えてしまった。このまるで影のように瘦せてしまったのは、悲しいことよな……』
と口に出して言うと、紫上は、目に一杯の涙を溜《た》めて、かすかに源氏のほうを見た。それもまた正視に堪えない心地がするのであった。
身はかくてさすらへぬとも
君があたり去らぬ鏡の影は離れじ

（私の身は、こうして遠くへさすらっていくけれど、あなたの身辺を去らぬ鏡に映った私の面影《おもかげ》は、決してここを離れはすまい）

源氏がこう詠みかけると、女君は即座に応《こた》える。

別れても影だにとまるものならば
　鏡を見ても慰めてまし

（お別れしても、その面影だけでもここに留まってくださるのなら、わたくしはせめてこの鏡を見て、みずからの心を慰めていましょう。でも……）

柱の陰に隠れて、涙を見られまいとしている紫上の様子は、やはり数多い源氏ゆかりの女君たちのなかにもたぐいない美しさであったと、今さらながらに思い知るほどのありさまであった」

まずまず、このような場面を思い寄せて、寄物陳思《きぶつちんし》風の発想で詠み出されたのが、この歌であろうと思われる。

そうすると、いわば一種の文学的虚構として、遠く地方行幸にでも出でまされた帝の御身の上を皇后が思い遣って恋しくも詠み出された、とでもいうような心でここに収められたものと想像されるが、それさえも、昭和の軍国主義の時代には、やはり恋はまずいというので抹殺されてしまったらしい。

というわけで、明治・大正の皇后がたの御製のなかには恋の歌は他に見えないのだけれど、しかし、その恋という枠を取り外して眺めてみると、なかなかすらりとしたよいお歌が発見される。

『論語』為政篇に、「詩三百、一言《いちごん》以て之《これ》を蔽《おほ》はば、曰く、思ひ邪《よこしま》無しと」という有名な言葉があるけれど、まさにその邪なるところのない、すらりとまっすぐな歌いぶりにもっとも掬《きく》すべき味わいがあるように思われる。

近代の女性歌人の恋歌というと、とかく柳原白蓮《やなぎわらびゃくれん》あたりを想起する人が多いかと思うけれど、白蓮の歌などは、ほとんど過剰なまでの自意識というか、ただただ己《おのれ》の自我をば自己愛的に、一方的に訴えるような作ばかりで、私などは、そのあられもない歌どもを読むほどに息苦しくなり、文学的な美しさを感ずることはできないので、本書では取り上げない。

皇后がたの御歌は、その白蓮とは正反対の極にある歌境であって、恋歌が読めないのは残念ではあるけれど、しかし、四季叙景の歌や、日々の所感を詠じた作物のなかにおのずから流露するたおやかな抒情を、私は素直に愛するのである。

そこで、恋の歌でこそないけれど、なお両皇后の御製のたおやかな詠みぶりを静かに味読してみることにしたいと思う。

昭憲皇太后の御歌

向が岡にみゆきましましける夜雨いみじうふりいでければ

いづこまでかへりますらむ
　夕やみの空かきくらし雨のふりくる

明治十六年の参謀本部の地図（五千分之一東京図測量原図）を見ても、向が岡（現在東京大学農学部のある場所）には東京共同射的会社の射場とか、東京府癲狂院《てんきょういん》などがあった程度で、帝がどこへ行幸されたのかはよく分からないが、ともあれ、その日夕方の還幸《かんこう》時分に、にわかに雨がひどく降ってきたのであったろう。その雨中を皇居に向かっておられるだろう帝の身を案じて、こういう歌が詠まれたのである。

そうするとこれなどは恋の歌と名乗ってこそいないが、背後にはそこはかとなき思慕の念が伏流していると読んで差し支えあるまいか。

雨はれし朝《あした》の市にひさぐ菜《な》の
　ぬれたるいろのきよげなるかな

明治三十一年の詠。とくに解釈なども必要のない平明な歌いぶりであるが、天皇皇后の御製ともなると、こういうふうにおっとりとあるがままを歌うという風情が好ましい。

雨が晴れた朝、そのすがすがしい気分をまず想起して、その朝の市に、いま畑から抜いてきたばかりの朝露もみずみずしい青菜が売られている、その色の清冽な美しさ、じつに気分のよい歌である。こういう「朝の市」を、皇后がどこでご覧になったのかは明らかでないけれど、当時、皇居の至近、今の東京駅八重洲口の南東の辺りに「大根河岸」という青物市場があったので、もしかするとその辺りへ行幸啓《ぎょうこうけい》なさることなどもあったのかもしれぬ。

鏡

朝ごとにむかふ鏡のいつはらぬ
　老のかげこそやさしかりけれ

明治四十一年の詠。鏡の歌はこのほかにもいくつかあって、いずれも佳什《かじゅう》であるが、この歌はまた、鏡の中のおのが顔に老いがありありと映ってみえるのを「やさし」と感じたというのである。

この「やさし」は、『古今集』の雑体《ざったい》・誹諧歌に

なにをして身のいたづらにおいぬらむ
年のおもはむ事ぞやさしき

（いったい何をしてきて我身がこんなふうに無駄に老いてしまったのであろう……便々《べんべん》と重ねてきた馬齢を思うにつけて、その年月がどんなふうに思うか、恥ずかしさに身が細る思いがすることよ）

と詠まれてある、その「やさし」であって、漢字で書けば「痩《や》さし」、身も細るようなきまりの悪いはずかしい気持ちをいうのであろう。そうすると、鏡を見るごとに、ごまかしなく映って見える老いの影が、なんだか恥ずかしいと感じているわけで、ふつうの婦人が日頃漏らす感慨のような親しみ深い詠みぶりではないか。

秋の夜の風ひややかになりにけり
　月も簾《す》ごしにみそなはすまで

明治四十二年の詠。暑い夏がやっと去って、夜には涼しい秋風が通《かよ》ってくる……そういう誰にも気持ちの良い季節になった。夫の帝は、さる秋の夜長を起きていて、風の涼しさを味わうように端近《はしちか》く御簾《みす》の際《きわ》に立って皓々《こうこう》たる月をその御簾越しに眺めておられるのであろう。それを後ろから見遣りながら、皇后は、ああ秋になったと切実な感慨を漏らしている、とそういうところであろう。ご夫妻の閨《ねや》近くの景色を詠まれた、なかなか床しい一首。

往時如夢《ゆめのごとし》
こしかたはみな夢なれど
　君がためうれしかりつることはわすれず

明治四十三年の詠。帝もはや老境、命の儚《はかな》さなどもつらつらと思われる時代になったのであろうか。この歌には静かな諦念《ていねん》にも似た無常感が漂っていて、その無常感の背後に、長い結婚生活の来し方への限りない愛着が感じられる。良いお歌だと私は思う。

じつはこの他にも、まことに気持ちの良い叙景歌、たとえば、

夏川
ふきわたる岸の柳の風うけて
里の小川に瓜あらふ見ゆ

というごとき詠をいくらも拾うことができるのである。こういう御詠は、行幸啓の折などに嘱目《しょくもく》されたところと推量されるが、このようにして民草《たみぐさ》の日々の暮らしに優しい眼を向けられるのが、日本の天皇皇后の美しい伝統であったことを忘れてはなるまい。しかしながら、きりがないので、先を急ぐことにしよう。

貞明皇后の御歌

さて、次は大正天皇の皇后であった貞明皇后の御製。

これは、佐佐木信綱謹註『貞明皇后御歌謹解』（第二書房版）というものが、やはり『女人和歌大系 近代前期編』に収められてあるので読むことができる。貞明皇后は九条道孝の四女で華族女学校卒業後、東宮妃となった。昭和五年に長秋歌会を開いて毎月歌会を催されたと伝える。貞明皇后の御集は、宮中御歌会始の歌と、その長秋歌会での歌が多くを占める。

苗代
遠近《をちこち》のれんげの花の目うつりに
すがすがしくも見ゆる苗代

昭和十年長秋歌会での題詠。

春たけなわの頃ともなると、田には紫雲英《げんげ》の花が薄紅《うすくれない》に咲き敷いて、その優しい色に心和《なご》む思いがする。

そういう春先の紫雲英田《げんげだ》をはるかに見渡していると、かなたの一角にそこだけ青々と清やかな色を見せて苗代が広がっているところがある。

ただそれだけの写実的詠歌であるが、このおっとりとした詠みぶり自体、春ののんのんとした気分によく似合って、じつに美しく優しい歌となっている。

しこうして、こせこせした技巧など皆無というところがまことにめでたい。

菜花盛

里つゞき菜の花ならぬ色もなし
ところどころに桃は咲けども

これは昭和六年長秋歌会の題詠。

ちょうど四月上旬頃の風景だと思うけれど、菜の花の黄色の、あの濁りない色彩は、日本の春の象徴的景物であるが、そこにまた同じ季節の桃の花の濃き紅を取り合わせた。

どこの景色というのでもないが、こういう景色は、日本中いたるところに見られたことであろう。

美しい叙景歌である。

早苗

なごやかに少女《をとめ》の歌ぞ聞こゆなる
　ここにかしこに早苗とるらむ

昭和十二年長秋歌会の題詠。

早苗《さなえ》とる早乙女《さおとめ》が、田植え唄など歌いながら田に働いている、そういう景色は、今はもう見ることのできなくなった、昔ゆかしい風景であった。

早乙女は物忌《ものいみ》を経て身を清めた里の女衆《おんなしゅう》だが、それが野良着という「晴れ着」に身を飾って、めでたくなつかしく田植え唄を歌いながら稲を植えてゆく……これがかつての田植えという風物詩の実景であった。

皇后の御歌はその景色をはるかに想像して詠んでおられるのであろう。

現代語訳をすれば、

「なごやかに早乙女たちの歌が聞こえてくるようだ……きっとそこかしこに、早苗を取っているのであろう」

ということで、嘱目《しょくもく》写生ということでなくて、あくまでも題詠創作的な詠歌なのだが、それでも民草《たみぐさ》のこういう田園の作業に常に心を馳《は》せられるのが近代の天皇皇后の御歌のあらまほしい姿なのであった。

また、こういう歌を詠まれることで、その年の田畑の豊作を祈る、そんな機序《きじょ》もあったのである。

苺

病み臥せる人に見せばや
　うつりよき玻璃《はり》のうつはにもれるいちごを

昭和十六年長秋歌会題詠。

貞明皇后はハンセン病患者救済の仕事をしておられたので、もしかするとそういうことを念頭に置いた所感かもしれない。

あるいは、病み勝ちであった亡き大正天皇への追懐であるかもしれない。

この時代、苺は夏の風物詩で、五月頃が旬であった。ちょうど初夏のいくらか暑い日の食卓に、爽やかな苺が供せられたのであろう。それもいかにもその赤い色がよく映発《えいはつ》しているガラスの器に盛られて……。苺の涼しげな色、さわやかな風味を、病気に臥せっている人にこそ見せて、食べさせてあげたいものだと、優しい気持ちを詠まれた一首で、景物の姿・色彩と詠み人の心とがよく響き合っている。

九重《ここのへ》のむろに時じくさきほこる
花弁《かき》のにしきも君は見まさず

昭和四年の作とのみ註せられていて、前後の事情は明らかでないが、歌は隠れたる筋もない。

「九重のむろ」は古風な言い方であるが、おそらく宮中の温室の謂《いい》であろうと推量される。

というのは「時じく」という形容詞が使われてあるからで、これは『万葉集』などにしばしば出てくる古語で、要するに「季節外れ」あるいは「季節にかかわらず年中ある」という意味の言葉である。

だから、宮中の植物園の温室には、季節にかかわらず百花繚乱の趣で花々が錦《にしき》のように色美しく咲き競うているけれど、それを見そなわすべき主《あるじ》、すなわち夫の大正天皇はもう亡くなってしまってご覧になることができない、とそこを悲しみつつ、亡き帝を懐かしく偲んでいるという趣かと思われる。

大正天皇という方も、動植物に対しての愛情深い御製を多く残した方だから、おそらく生前はしばしば皇居内の温室などもご覧になったのであろう。

大正天皇は、史上はじめて一夫一婦制を布《し》いて側室を廃した家庭的な天皇であったから、皇后との人間的親しみも深いものがあったと想像される。だから、きっと生前には、夫妻で花を眺めなどされた機会が相当にあったのであろう。

またこんな歌もある。

海外旅行
御国民《みくにたみ》いたるところにいそしみて
さかゆくさまを見て帰らなむ

昭和十二年長秋歌会の題詠であるが、じつは大正天皇は皇太子時代に大韓帝国を訪問して李垠《イウン》皇太子と厚誼《こうぎ》を修した。

皇太子同士とても心の通じあうところがあったと見えて、この時以後韓国語を学んだりしたこともあったのである。

この帝国主義の時代には、朝鮮半島や台湾など各地に日本の植民が行われたこともあって、皇太子の海外旅行にはそういう在外邦人への激励という意味も大いにあったに違いない。

この歌末句の「なむ」は、「帰る」の未然形「帰ら」に接続しているので、他者の行為への希望を示す「あつらえの終助詞」と呼ばれるものである。

それゆえ大意は、

「我が国の国民が、海外の至る所に植民して、勤勉に働き、以て栄えてゆく様子をどうぞ見てお帰りくださいませ」

というので、おそらくは史上初めて海外旅行をした皇太子時代の天皇の事績を思い遣っての詠歌であろうと思われる。

そうしてまた、昭和十三年の長秋歌会の題詠で「航空機」というお題での詠に、

何よりも嬉しきものは
鳥舟のはやくもたらす便りなりけり

とあるのも、あるいはこの皇太子外遊のときの所感であったかもしれない。飛行機のことを、雅言《がげん》では「鳥舟《とりふね》」と言った。外地にある人からの手紙が、昔だったら船で

何ヵ月もかかって至ったものを、今は飛行機であっという間に届けられる、そのことがなによりも嬉しいわ、という感慨である。

たぶん外遊中の夫皇太子から、しきりに文など届けられた、それも飛行機で即座に、ということがあったのであろう。

「なりけり」という歌い結びは、実際にあった経験をもとに「ああ、そうであったなあ」と詠嘆する気分であるから、飛行機が速く手紙を届けてくるという経験が実際にあった人の詠みぶりで、他人《ひと》ごととして詠んでいるとは思えないのである。

そうすると、これら温室の歌やら、飛行機の歌やら、一見するとなんでもない寄物陳思の歌らしい作の背後に、家庭人として優しい人であったと伝えられる夫大正天皇との、そこはかとない愛情の通いが詠み取られていると見てもあながち穿《うが》ちすぎとも言えまい。

恋の歌を禁じられた近代の天皇皇后がたの心中に、それでもほんのりと燃え続けた愛の炎のようなものが、こういう作風のなかにかそけくも息づいていると、私はそのように読んで、ふと嬉しくなるのである。

あとがきに代えて

おんなごころとやまとごころ

『万葉集』以前から連綿として続いて現代に至る、長い長い和歌の歴史のなかで、めでたいことは、つねに女性歌人が重要な地位を占めてきたことである。

これは畢竟《ひっきょう》、我が国の「文化」の担い手が、往古から今に至るまで、半ばは「おんな」であったということによる。そういう「事実」も、じつは世界的にみて極めて異例なことであって、我が国が男尊女卑というような「からごころ」に毒される前の、まことに晴朗なる国民性を物語る。

そんなことを思いながら、私は、かねてから女性歌人たちの歌に、なみなみならぬ興味と敬意を抱いてきたところである。

さるほどに、茶道の老舗雑誌として知られる『なごみ』の編集部から、女性歌人の恋の歌をテーマとする連載を書いてみないかという、渡りに舟のようなお勧めをいただき、私は喜んでこれを承諾したのであった。

ただ、別に通史的なことを意図していたわけではないし、歌人としての有名無名ということも特に勘案するには及ばなかった。

ただ私は、心の赴くままに、あれこれの文献を渉猟しながら、ふと目に止まったかれこれの佳什を俎上《そじょう》にのせて、わが思うところ、感ずるむねを、できるだけ解りやすく面白く書き進めることにしたのである。

いま単行本として刊行するにあたっては、連載時の小稿をすべて見なおして、かなり大幅に加筆修訂を加えた。雑誌の連載では一定の枚数が決まっているので、もう少し書き込んでみたいというところも、断念せざるを得なかったことが多く、今回はそれを増訂したという次第である。

本書を書くにあたっては、ざっと次のような文献に依拠した。

和泉式部は『和泉式部集』という家集があるのだが、これがいろいろとテキストの系統が錯雑し、繁簡諸本あることが知られている。そこでまずは『群書類従《ぐんしょるいじゅう》』第十五輯《しゅう》和歌部所収のテキストに拠り、なお新潮社の新潮日本古典集成本を参照した。

建礼門院右京大夫《けんれいもんいんうきょうのだいぶ》については、『建礼門院右京大夫集』という家集があるので、岩波の日本古典文学大系『平安鎌倉私家集』と、新潮日本古典集成『建礼門院右京大夫集』とに拠り、また明治書院の和歌文学大系23の『式子内親王《しきしないしんのう》集・俊成卿女《しゅんぜいきょうのむすめ》集・建礼門院右京大夫集・艶詞《えんし》』所収『建礼門院右京大夫集』（谷知子校注）を参照した。

この平安朝末期から鎌倉時代初期にかけての時代は、諸般激動の面白い時代で、歌の世界でも、あたらしい美学が俊成定家父子を中心として確立してきたということもあって、いろいろ興味深い。もっとも端的に、その時代に寄り添って歌われた歌どもが、この建礼門院右京大夫の詠歌なので、まだまだ書きたいことはいくらもあった。

式子内親王もまた、この同じ時代の、天才的なところのある歌人であったが、その歌については、小田剛著『式子内親王全歌注釈』（和泉書院）ならびに、明治書院の和歌文学大系23の『式子内親王集・俊成卿女集・建礼門院右京大夫集・艶詞』所収『式子内親王集』（石川泰水校注）に拠った。

永福門院には、家集がない。それで、『玉葉和歌集』などに多くの歌が取られているので、その大方をうかがう他はないのだが、幸いに、『永福門院《えいふくもんいん》百番《ひゃくばん》御自歌合《おんじかあわせ》』という自作の歌ばかりの歌合形式の本が残されている。この歌合は、岩波の新日本古典文学大系『中世和歌集　鎌倉篇』に収められているので、主にこの本に拠った。なおまた、風間書房の女人和歌大系（第一巻、第二巻、長澤美津編）、岩佐美代子著『京極派歌人の研究』（笠間書院）等を適宜参照した。

貞心尼については、主として明治書院の和歌文学大系74所収『はちすの露』（鈴木健一校注）並びに、中央公論新社の『定本良寛全集』第二巻歌集（内山知也・谷川敏朗・松本市壽編注）の両書により、なお相馬御風の『貞心と千代と蓮月』（春秋社）、伊藤宏見著『（『はちすの露』新釈）手まりのえにし（良寛と貞心尼）』（文化書房博文社）等を参照した。

狭野弟上娘子《さののおとがみのおとめ》については、主として岩波の新日本古典文学大系『萬葉集』三に拠り、なお、沢瀉久孝『萬葉集注釈』巻十五（中央公論社）、岩波の日本古典文学大系『萬葉集』四、新潮社の新潮日本古典集成『萬葉集』四、集英社の日本古典文学全集『萬葉集』四等を適宜比較参照考察した。

祇園梶子《ぎおんかじこ》については、大正四年に刊行された珍書会の賞奇楼叢書二期第四集『梶の葉』に拠って書き、なお梶子について言及している伴蒿蹊『近世畸人伝』（岩波文庫、森銑三校註）などを参照した。

俊成卿女については、前出、明治書院の和歌文学大系23の『式子内親王集・俊成卿女集・建礼門院右京大夫集・艶詞』所収の家集『俊成卿女集』（石川泰水校注）に拠った。

大田垣蓮月尼については、村上泰道編著『蓮月尼全集』（内外出版）に主として拠り、なお上記の『貞心と千代と蓮月』（春秋社）等を参照した。

殷富門院大輔については、風間書房の私家集全釈叢書13の森本元子著『殷富門院大輔集全釈』に主として拠り、風間書房の女人和歌大系第二巻所収『殷富門院大輔集』を参照した。

丸山宇米古については、風間書房の女人和歌大系第二巻に、その家集『雪間乃宇《ゆきまのう》米《め》』（大正十一年序）が収められているので、これに拠った。

近代の皇后がたの御詠は、本文中にも所出の底本を明記しておいたとおり、昭憲皇太后については、主として女人和歌大系第五巻（近代前期編）に収められた『新輯昭憲皇太后御集』（明治神宮謹纂）に拠り、なお昭和四年に『明治天皇御集・昭憲皇太后御集』両書合刊の形で出た袖珍本《しゅうちんぼん》（内外書房刊）、昭和十三年に刊行された岩波文庫本『昭憲皇太后御集』等を参照した。

また貞明皇后御詠については、やはり女人和歌大系第五巻所収の佐佐木信綱謹註『貞明皇后御歌謹解』（第二書房版）に拠った。


これらの人選については、いろいろ異見もあることかと思うけれど、あくまでも私が読んで、なにかこう個性的で面白いなあ、または表現としていかにも深みがあって美しいなあ、と思えるような方々を選んだ。

女性歌人として、あまりにも有名な与謝野晶子や税所敦子《さいしょあつこ》、また柳原白蓮なども敢てここには選んでいない。それには、理由をつけようと思えばいろいろ言えなくもないけれど、一言で申すならば、要するに私は好きではないので、取らなかったというに尽きる。

もしも、さらにこういう試みを再びするとしたら、やはりもっとも注目して詳細に研究してみたいのは、平安朝の十世紀後半から十一世紀にかけての時代、すなわち、紫式部や清少納言、和泉式部、赤染衛門というような才女たちが続々と出現した、あの奇跡のような一時代と、もっと遡って、『万葉集』の時代であろうか。

本書では、主に院政期から鎌倉時代にかけての歌人に対して光を当てるところが大きかったので、叙上の最も平安時代らしい光輝に満ちた時代について書くことが、少しく足りなかったように感じられる。

いっぽう、江戸時代にまで下ってくると、和歌はほんとうに形骸化し形式化した月《つき》次《なみ》作ばかりが夥《おびただ》しくて、あまり見るべきものが見当たらない。

近代になると、そういうマンネリ化した殻を破ろうという意識が、いくたの近代らしい詠草を紡ぎだしはするものの、それが必ずしも和歌としての伝統に照らして美しいものとは思えなくなってくる。

しかしながら、和歌は、もとより日本文学の根幹といってもよいものであった。それが近代になると、散文と和歌というふうにくっきりと分れてしまって、相互に関わりのない形になってしまったのは、返す返すも惜しまれる。これについては正岡子規などの影響があったことと思われるが、遺憾なことである。

もういちど、散文と和歌とが、渾然一体となって情緒纏綿《てんめん》たる言語美の世界を再構築する、そういう挙が成らぬものだろうかと、私はふと思うことがある。

そうして、かつてあの平安時代に、陸続として才女が出現して、物語にも日記にも歌にも、すばらしい名作を夥しく創りだした、あの史実を想起するに、現代にあっても、もしこういう散文と和歌の再融合が成るとしたら、それはかならずや女性たちの力に俟《ま》つところが大きいのではないかと考える。

硬直した男の智恵ではなくて、柔軟で情緒豊かな女の智恵のなかにこそ、わがヤマトの文学の美しい伝統はかそけくも生き残っているのではないか、私は、どうしてもそう思わずにはいられないのである。

二〇一四のとし、なつのその日

はやしのぞむ

つつしみてしるす

文庫版のための後書き

この本に収めた諸章を書き始めたのは、もう一昔あまり以前のことである。すなわち、二〇一三年に、月刊誌『なごみ』（淡交社）の連載「女うた 恋のうた」として十二章を書いた。連載が終わってまもなく、これをまとめて淡交社から単行本として出した。その時、「丸山宇米古」と「昭憲皇太后と貞明皇后」の二章を増補して刊行したのである。それが二〇一四年のことであるから、今から十年余の以前になる。

いま、もっと多くの読者たちに気軽に手に取ってもらいたいと願って、草思社の文庫本として再刊することにしたのだが、この機会に、単行本になお物足りないところがあると思っていた平安朝の女房文学全盛時代の女性歌人たちに、もう少し筆を及ぼしたいと思った。

そこで、あの『百人一首』に選ばれた女うたのなかから心に響くものをと思って、伊勢、右大将道綱母《うだいしょうみちつなのはは》、赤染衛門の歌数首を選んで書き加えた。

同時に、日本の歴史を眺めてみると、『古事記』『風土記』『万葉集』以来、誰という作者は知れないまま、広く「民謡」のような形で歌い継がれてきた伝承歌どもが夥《おびただ》しくあることにも留意しておかなくてはならぬと思って、『万葉集』の東歌《あずまうた》のなかから、少しばかり民謡としての和歌を選んで読んでみることにした。こういう庶民的な謡い物のなかに、現代にも通ずる日本人のもっとも正直でナイーブな心がこもっていると思うからである。

こうして、雑誌連載に発した本書は、単行本、文庫本と版を重ねるにしたがって増補を加え、また本文にもあれこれと修正の筆を加えなどした。

思えば、あの俵万智さんが『サラダ記念日』で一世を風靡して以来、口語体に近い自在な読み口で、日々の所感をいきいきと詠むという行き方が「ゲンダイタンカ」の世界を覆い尽くしてしまったかの感がある。それは、別に古典や歌学の素養がなくとも、思ったまま感じたままを自由自在に三十一文字に表現するという、新しい文学世界を確立したわけで、まさに文学史的に一代を画したところであった。

それでも古典文学を学びの庭として学生時代からずっと今日まで過ごしてきた私の目から見ると、和歌の面白さは、けっしてあのゲンダイタンカのようなものだけではない。万葉人、平安時代の人々、そして中世の歌人たちが伝統的な技巧と美学に依拠しながらも、さまざまに個性を表現したもののなかに、ぜひ読んでほしい傑作があれこれとあるんだがなあ……という思いがある。つまりは、そういう古典和歌あってこそのゲンダイタンカなのだ、と私は思うのである。

いっぽうで、近代現代のリアリズム的短歌に慣れた目からは、古典和歌の世界は、なんだか「題詠」「枕詞」「掛け詞」「縁語」「本歌取り」などなど、いわゆる技巧や修辞ばかり多くて、読むに面倒くさく、難解で親しみが持てないと感じる人もきっと多いに違いない。

しかも、明治の世に正岡子規が出て、『歌よみに与ふる書』という古典和歌徹底批判の書を書き、『古今和歌集』をはじめとして『百人一首』などの歌どもに、痛烈な批判を浴びせかけたことは、忘れてならない歴史的転換点であった。以後、勅撰集的な和歌の詠みかたとは一線を画して、リアリズム的な手法で和歌を詠む近代短歌が主流となり、それはそれでまたシリアスな短歌文芸として今日に至っていることもあって、かれこれ、技巧的な古典和歌を味わう方法が忘れられてしまっているようにも思える。

しかし、そういう古典和歌に通有の修辞を根気よく腑分けして、技巧の背後にある真情、とくに恋の思いや、四季の叙景や人生の詠嘆などをしっかりと読み、かつ真摯に味わってみると、どうしてどうして、近代短歌やゲンダイタンカとはまったくちがった、深い叡知と真情が隠されていることを知る。

その一つの鍵は、朗詠という表現手法にある。

近代短歌もゲンダイタンカも、美しい節使いを以て朗詠することは脇に置いておいて、ひたすら文字で読むということを前提とするようになった。しかし、古典和歌は、ゆったりとしたリズムと優美な旋律にのせて、朗々と詠唱する形で鑑賞されてきたのである。現代にそれが残っているのは、『百人一首』のカルタ取りと、宮中の御歌会始《おんうたかいはじめ》の入選歌披露の時くらいのものであろう。

しかし、一首の歌を、たとえば美しい旋律にのせて、ゆったりと耳で聴いて理解し鑑賞するときには、俄然掛け詞や序詞などの修辞が生きてくるのである。性急に黙読しただけで古典和歌がわかったつもりになっていてはいけない。それは、西欧音楽の歌曲でも、通俗の流行歌でも同じことで、「歌」というものは旋律にのせて悠々と歌うからこそ味わい深いのであって、ただ歌詞だけをサッサと黙読したってその良さは毫も感得せられない。そういう意味で、和歌は音楽的文学でもあるのである。

それゆえ、本書を読まれるかたは、ここに掲げた例歌をば、黙読するのでなくて、あの百人一首のカルタ取りの札読みのような節使いでよいから、できるだけゆっくりと、朗々と朗詠してみていただきたいのである。そうして読み上げながら、頭のなかに、その語の表現している風景やら感情やらを、慌てず急がず、順序良くしっかりと思い浮かべてみてほしい。畢竟、それが「和歌を読む」という正統的な経験となるのである。

もとより、誰にとっても恋は他人事《ひとごと》ではあるまい。恋の、優しさ、懐しさ、苦しさ、淋しさ、悩ましさ、恍惚、恨み、肉欲、諦念、などなど、苦楽こもごもの思いに、どなたもきっと心当たりがあるであろう。

つまり恋の歌を読むときは、そんなふうに朗々と詠吟しながら、ゆるやかに作者の意図した微妙な「思い」を想像し味わい尽してほしいのである。

その意味で、この文庫本を、ちょっとした余暇にでも繙《ひもと》いて、どうかどうかゆっくりと楽しんで読んでいただきたいと、それが著者としての心からの願いである。

二〇二四年初冬

菊籬高志堂の北窓下に

林　望しるす

＊本書は、二〇一四年に淡交社より刊行された『女うた　恋のうた』を改題し、一部加筆して文庫化したものです。

草思社文庫

和歌でたどる女たちの恋心

2025年２月10日　第１刷発行

著　者　林 望

発行者　碇 高明

発行所　株式会社 草思社

〒160-0022　東京都新宿区新宿1-10-1
電話　03(4580)7680(編集)
03(4580)7676(営業)
https://www.soshisha.com/

本文組版　有限会社 一企画

印刷所　中央精版印刷 株式会社

製本所　中央精版印刷 株式会社

本体表紙デザイン　間村俊一

ISBN978-4-7942-2769-0　Printed in Japan

ご意見・ご感想は、
こちらのフォームからお寄せください。
https://bit.ly/sss-kanso